赠女儿，愿她平安幸福。

小闲 著

白菜地边的家

山西出版传媒集团
山西人民出版社

图书在版编目（CIP）数据

白菜地边的家 / 小闲著. -- 太原：山西人民出版社，2018.4
ISBN 978-7-203-10369-1

Ⅰ.①白… Ⅱ.①小… Ⅲ.①散文集—中国—当代 Ⅳ.①I267

中国版本图书馆CIP数据核字（2018）第058709号

白菜地边的家

著　　者：	小　闲
责任编辑：	郝文霞
复　　审：	吕绘元
终　　审：	员荣亮
出 版 者：	山西出版传媒集团·山西人民出版社
地　　址：	太原市建设南路21号
邮　　编：	030012
发行营销：	0351-4922220　4955996　4956039　4922127（传真）
天猫官网：	http://sxrmcbs.tmall.com　电话：0351-4922159
E—mail：	sxskcb@163.com　发行部
	sxskcb@126.com　总编室
网　　址：	www.sxskcb.com
经　销　者：	山西出版传媒集团·山西人民出版社
承　印　厂：	山西臣功印刷包装有限公司
开　　本：	889mm×1194mm　1/32
印　　张：	8.75
字　　数：	180千字
印　　数：	1-3000册
版　　次：	2018年4月　第1版
印　　次：	2018年4月　第1次印刷
书　　号：	ISBN 978-7-203-10369-1
定　　价：	39.00元

如有印装质量问题请与本社联系调换

目　录

静水流深，闲山寂远 / 胡之胡　　001
扯棉花炖白菜 / 莫小楼　　005

白菜地边日月长

奶奶不是亲奶奶　　003
搬　家　　009
大　姑　　017
活在春天里的人　　023
老火台　　029
妖大妈　　035
二姐的老师　　041
神医七爷爷　　047
寻找回家路　　053

059　大　姐

067　捡　钱

072　春天的计划

079　兄弟俩

087　母亲的偶像

094　失　惊

099　神秘的房客

107　不是父亲的郭老爸

114　换冰棍儿

122　后面大大

129　祭　祖

134　吃盘子

141　齐家大院

148　二姐夫

155　家里来了南方人

163　南墙根儿人家

170　"思想家"

177　赶庙会

184　爱表哥

191　学雷锋

197　过　年

梦落无声　204

爆米花儿　211

命如浮萍　217

没有白菜的时光

四月里去看看您　229

妈妈、婆婆和公公　234

花好月圆　240

啪嗒啪嗒去跑步　243

五月的老妈　247

给老妈去换钱　251

老妈的钟表　259

回　家　262

作者简介　265

静水流深,闲山寂远

胡之胡

当年喜欢李娟的散文,是因为她完全是放养的,对传统文字有天然的反叛,随手一写,便能点石成金。字是人人可写的,但不是人人都写得好。中国当代散文的写作观念,于写作者是滋养,也是束缚。一篇好的散文,若完全在套路之下,就面目可憎。写作本身就是摆脱羁绊解放性灵的事情,每一句每一字都会烙上写作者个人的印记。

这仿佛是个悖论:科班出身者难写出好的作品,没上过大学没学过写作的反而脱颖而出,可见片面的技巧训练,往往会扼杀一个人的艺术天分。有声乐教授活活地把来自西藏的歌者训练成技巧娴熟的发声器,这相当于把浑然天成的璞玉雕琢成了橱窗里的工艺品。写作离不开天赋,后天的训练旨在唤醒内心的热爱,而不是将其摧毁。

小闲在白菜地里种出的文字，是生机勃勃的。有时候写字就是做化学实验，质胜文野，文胜质浮，当烟火气、泥土气遇到文人气，而你又恰是一个悟性极高的实验者，就可能给世人看到好气象。人的性格、经历不同，文气自然各异。小闲的文字如闲山般寂远，似静水般流深，得张爱玲的心法而无张的鬼气，有萧红的慧根而无萧的杀气，沉静内敛，云淡风轻，这是颇难练就的。小人物小生活最难着笔，太平凡太司空见惯了，就像一把泥土。一把泥土摆在那里，倘若不能淘出金子，不妨深情地凝视每一粒微尘，直到它在你面前歌之舞之。

　　这样的文字不能给人以感官刺激，你若以看宫廷争斗戏的心态读它，它必以索然无味还你。我必须承认，直到现在，我都不能专注地读完《瓦尔登湖》，不是它曲高和寡知音少，而是我心有挂碍惹凡尘。我与小闲不熟，只是在网络上通过文字相识，她从事什么职业，有怎样的喜好及生活态度，我一无所知。但我能从白菜地里感受到一种特有的气质——在纷纷扰扰的功利社会难得一见的清旷飘逸。

　　慢条斯理的叙述本身就是一种人生态度，不疾不徐，无矜无戾，对于"以心为形役"仓皇奔忙的人来说，算得上是心理按摩。几乎每一篇文字，起笔都很寻常，很容易让人掉头就走。慢慢读下去，却能有新的发现和惊喜。如《不是父亲的郭老爸》,此文率性散淡,却淡而有味,灵感纷披,却精于调度,是难得的上乘之作。

我以为读书有三境:取新奇艳丽以为八卦,一也;见真情真意浮想联翩,二也;味写者心中气象、表里温度、言外之趣,三也。小闲不喜欢也不善于招摇,华丽的辞藻妨碍情感的表达,她是不屑的。兴之所至,她偶尔也引用一些古诗词,但绝不掉书袋,信手拈来的诗词枘凿无痕,反倒成了插科打诨的,最多算个帮衬;有时情到深处又懂得节制,一笔带过,余味无穷。如"爷爷死了,铺子留给父亲;父亲也死了……"父亲离世,本是人生中的大不幸,纵笔至此,不免悲从中来,洋洋千言;但小闲却能以简驭繁,浓情淡出,很像绘画中的留白艺术,方寸之间天地宽。

最让我惊叹的莫过于小闲对往事细致入微的描述,这仿佛是女人特有的本领。我写故乡,往往惆怅于时空阻隔,岁月久远,不能纤毫毕现。小闲却能将白菜地边的鸟语虫声、花香草色,人物的一颦一笑、一嗟一叹,甚至当时的风声雨声都历历道来,"触物皆有会心处"。

小闲的文字针脚细密,看得清风霜雨雪喜怒哀乐在容颜上留下的沟壑,在生命中刻下的图腾。从穷苦岁月一路走来的人,都能从白菜地里找到质地细密、花纹清晰的过往,甚至那气息那味道都分毫不差地在胸口丝丝缕缕地萦绕,仿佛一伸手就能触摸到那段岁月的粗糙与生动。我见一些人写作，精于议论和抒情，却对原汁原味的细节视而不见，可谓舍本逐末。小闲的文字，带领我们穿过时间的河流，仿佛重新活过一遍，如此惊心动魄。

我以为，一个写作者的功力体现在对于分寸感的把握上。小闲体物察情，在冷静的叙述中不时跳动着灵感的火花，却又恰到好处地适可而止。如"我仰头盯着他看，他寂寞地看着远方"，这就是传说中的神来之笔，让人不禁想起顾城的诗句。再如"我妈把姐姐们都生得雪白，到生我时，就不用心了，像蒸馒头似的，碱放大了，我就生得发黄……"这样的表述灵动可爱，不板滞，无匠气。女子不经意间流露出的幽默感，我谓之蓝色幽默。蓝色幽默是真幽默，并非挤眉弄眼地故作诙谐。

我以自己有限的阅读经验，煞有介事地给各位看官引路，实在是自不量力，但我又忍不住想为小闲叫几声好，以发泄我对形式僵化、内容空洞的陈腐文风的不满。

冬去春来，有一本如此别致、清新的书展放桌上，对作者而言，算是种下了一畦果蔬；对读者而言，是莫大的幸福。

扯棉花炖白菜

莫小楼

  我读书不多，写字也少，一般就是扯个棉花，说几句题外话，不讲中心思想。恰好遇上小闲的白菜地，合着可以扯个棉花炖白菜，布衣暖，菜根香嘛。

  江汉平原的田野上，秋天棉花收尽了，棉梗是极好的柴火。本地有句谚语："农活只有三桩狠，插秧割谷扯棉梗。"棉梗晒干了，折成一尺多长，用草绳捆起来，是农家冬天的必需品。冬柴有三样：木头、棉梗、谷草，冬菜亦三样：白菜、洋芋、白萝卜。所以我对白菜情有独钟也没什么好奇怪的。

  说起来，看小闲的文字也有好几年时间了，有时候看得密，有时候疏。这都不打紧，因为她的文字就如她的名字，有流水深，如白云闲，不急不躁；歇了几日看如是，歇了几年看还如是。她写的那些人，从时光深处慢慢走来，鲜活生动。她说的那些话,自成腔调,朴素自然。让我印象最深的当然是白菜系列,从搬家开始,至大姐二姐大姑七爷爷,几乎都与白菜有关。后面的文字虽然注明了"没有白菜的时光",但仍然像白菜一样味甘,性平,益胃生津。白菜在北方是主要的秋冬菜,平常得几乎如空气一样,如水一样,正如小闲的文字。

小闲的文字没有小说的架势,没有跌宕起伏的故事情节和紧张激烈的冲突,就那么迤逦地写着说着,却又比一般的随笔好看。没有太多的点睛之笔来拔高,却有真情,有温度。

人勤春来早,屋旁有一片白菜地,心里就有底气,陌上就有花枝。纵然世事变得再快,速生速朽,白菜还是如从前那般生长,还得像以往那么炖着,如此,滋味才长。

为小闲贺。

白菜地边日月长

奶奶不是亲奶奶

我其实是没有奶奶的,不,准确地说,我是没有见过奶奶的。那个年代的人,生命短促。据说我有两个亲奶奶,爷爷有两个老婆。爷爷是个大地主吗?有妻有妾的!后来才知道搞错了,爷爷是开饭店卖烧麦的,都说他的烧麦做得精致、色、香、味俱佳,食客流连往复,生意就好,所以,没了一个老婆不要紧,攒点钱再娶一个。两个奶奶前赴后继,生前并不相见,死后埋在一起。我总是无法抑制地猜测她们在地下会不会争风吃醋,那个世界的事儿不好猜,以我的狭小心胸是无法揣度这一切的,于是,想一会儿我就玩去了,去找我活着的"奶奶"。

"奶奶"不是亲奶奶,这个"奶奶"是捞来的。家有小叔叔,据说长到八九岁的时候,过继给同一家族的人。过继是一件严肃认真的事情,而小叔叔长那么大才被送到另一户人家，对自己的出处非常清楚，这一种过继法就比较含糊了，不免与原生家庭藕断丝连，两家关系反而比以往更加密切。我管那家的奶奶叫奶奶，奶奶也很高兴。

奶奶家比我家有钱多了，我们只有一间狭长的房子，奶奶却有一座大院子。去奶奶家需先经过一间压面铺。压面铺的人起得早，我们还没醒，他们就合上闸了，轰隆轰隆响一整天。机器里吐出细长而柔软的面条，整个屋子雾腾腾的，里面的人被面粉荡得白糊糊的，除此之外不记得什么了。如果当时他们肯给我一碗面条，我可能会多记住一些事情。

过了压面铺是半间小房子，房子里住着一对年轻的夫妻，论辈分我应该喊他们姑姑姑夫，反正同宗，不出五服。女人叫胖红子，肤色黧黑，身材肥胖，两条粗粗的黑辫子总搭在身后。我以为她一辈子都会黑胖下去，没想到多年以后，她在某家公共澡堂里卖票，瘦弱得宛如前面那间压面铺压出的面条，没活多久忽然就不在人世了。

走过这两家，就是奶奶家独有的院子，大门缩在短短的胡同里，经常大开着。但我不敢直接跑进去，每次跑到小胡同口，立即放慢脚步，蹑手蹑脚地走到大门前，两手迅速拉紧门环，确定大门关好了才敢放声大喊："奶奶！……"

奶奶家有条大狗，极不友好，我去了很多次它都装作不认识我，难道它知道我不是奶奶的亲孙女吗？听说狗眼看人低，或许它欺负我年纪小吧。我拉着铁门环时刻提防着，如果先出来的是狗，隔着大门，它能怎样？一般来说，先是狗狂吠几声，被奶奶训斥后，那条狗很不甘心地走到后院去了，奶奶出来领着我绕过门口的水龙头，进到院子里。

院子有两进，前面一进房屋四合，东西两侧有厢房，一间是厨房，是我认为最美好的地方；另一间是奶奶住的房子，除了大炕，她有一柄桃木梳子，经年使用，看上去包了浆似的油润闪亮。奶奶的头发总是梳得一丝不苟，脑后盘个小发髻，黑色的小网兜（发套）一罩，没有一丝乱发。我总疑心她是个地主婆，地主婆才会如此讲究吧。可是奶奶很慈祥，不像地主婆那般凶恶，这又让我迷惑不解。

正房当然是小叔叔和小婶婶住了，里面我没怎么进去过。北房狭小，走马灯似的住着不同的房客。记得住过一个裁缝，是江苏人，房里老堆着很多的线头布条，做过什么衣服就不清楚了。我一心一意惦记着厨房，于是奶奶就牵我进去，好歹拿出点儿东西来，一把炒豆子，几片烤馒头，一小片梨或者苹果，春天来了还可以吃到桃子，扁扁的蟠桃，味道好得难以言说，后来再也没有吃过那么甜的桃子，世上再也不会有那么好吃的桃子了。

我一边吃东西一边听她唠叨。她总说这辈子没有生过儿子，对不起祖宗，幸好小叔叔心地善良人品好，可小婶婶就很厉害。他们的事情我不知道，说到小婶婶的厉害，我立即提出不同意见，我说小婶婶对我很好，看电影总喜欢带着我去。奶奶不以为然地撇撇她瘪瘪的嘴巴，嘴里好像早就没牙了，在我记忆里她的年纪一直那么大，没老过，也没年轻过，时间在奶奶身上停止了，直到她去世。关于小婶婶，我们祖孙俩意见不一致，奶奶就换了话题，说日本人。

日本人打进来的时候，奶奶正当年，好像三十岁左右。听说日本兵要进驻院子，可把奶奶吓坏了！哆哆嗦嗦地把绳子都找好了，随时准备挂到树上去，还把剪刀磨得锋利无比。不管哪一种死法，下定决心不做花姑娘！幸好日本人只是让奶奶做做饭。

奶奶家的第二进院子是个大大的后院，有一幢小楼，楼下有旱厕，厕所旁边有一株大槐树。后院除了偶尔拴住大狗不让它咬人外，向来不住人的。小楼空着，空了很多年。而大槐树又过于茂盛，倒显得后院阴森森的，树上说不定就吊死过什么人。那狗见我闯进后院，复又咆哮起来，吓得我赶紧退了出来。

我和奶奶相处的日子不是很久，很快我们就搬家了，奶奶家的厨房离我越来越远。没有我可以欺负，那条大狗的日子是不是很寂寥？奶奶有自己的亲孙子，大概不会觉得孤单吧。

渐行渐远的奶奶，活到七十岁，精神世界忽然涣散了。我最后一次见她，是在放学的路上。我们的新家在城东的一片菜地边，我已经有新的生活了，我蹦蹦跳跳跑进巷子口，发现奶奶正坐在巷口的大石头上，神情痴呆，白发在风里凌乱地飘飞，口水溢到衣襟上。那种青白色的对襟大褂，是我记忆中举世无双的干净衣衫，如今却成这般模样。我诧异地刚想喊她一声奶奶，奶奶已经灵光乍现，喊出我的小名。对她而言，通往我家的路遥远而曲折，究竟是记忆里的哪一丝温情引领她老人家找到这里的呢？

后来不久，奶奶躺在棺材里，棺材放在她家院子门口的水龙头旁边。天，已经渐渐黑下来了，主丧和奔丧的人们在院子里流水一样往来穿梭，哭哭啼啼，忙忙碌碌，没有人理会棺材里静静躺着的奶奶。我靠着棺材的前端，在昏暗的大门口,一张张烧着纸钱,没有落泪,也不害怕。在白色大蜡烛温暖的红光里,我仿佛看到朱颜鹤发的奶奶坐在棺材上,我倚着奶奶的臂膀,像以前厮混的样子,一切喧闹都在远离我们的地方。

搬　家

　　那个时候，早上我总是在自然界的各种声音中快乐地醒来，我是被跑过白菜地的秋风扰醒的，也是被一大早觅食的鸟儿们吵醒的，当然还听到菜地主人落锄分叶的声音。
　　这片菜地在我眼里很广袤，每到秋天凉意深浓，大白菜就一大朵一大朵成排成列地伸展到目光的尽头。菜地里的风肆无忌惮，想怎么跑就怎么跑，溜过叶子，溜过菜心，再跑过地垄，检阅它的成果似的。菜地边的鸟儿们未必懂得起得早才有虫子吃的道理，只是按照习惯的方式，天光一亮便开始叽叽喳喳。那时候供鸟儿们吃的虫餐很丰盛，它们才不会为果腹而担忧。这些鸟儿以麻雀居多，秋天来了，俊俏的燕子都跑到南方去了，如果有一两只留下来，一定是耽溺于什么事情。
　　这一切都发生在我家窗外，隔着一个院子的距离，我可

以很自豪地说，这一大片菜地就是我家宽广的院墙，宽到可以驱车走马。我住在菜地拦起的家里，我是菜地国的公主。当然了，菜地的主人是不同意的，所谓"菜地国公主"，是我自封的——显而易见，我住在这里很开心。

我们刚刚搬过来，搬家的时候我特意去向每一个认识的人宣告这个天大的喜讯。

第一个要告诉的人是奶奶。我一激动居然忘了奶奶家那条大狗的存在，像股小旋风，直冲入奶奶家院子里，边跑边喊，于是那狗呼啸而出，迅疾地第一个出来迎接，人喊狗叫一场混乱。奶奶在厨房里连忙高声呵斥，等狗悻悻退下，她的小脚终于踩着鼓点儿似的把她从厨房里挪了出来。

奶奶显然为我们高兴，一边笑一边擦擦眼睛："终于有个落脚处了。"

奶奶的眼睛深深地陷在眼眶里，其实她也没什么可擦的，一两滴泪而已。人老了，眼泪越来越少了，不像我，一哭便如同小河翻浪哗啦啦。可我要搬到新家去，高兴还来不及。

压面铺里的人们我不熟悉，交给我妈去通知；胖英子姑姑没事爱捏我的脸颊，捏得我眼泪汪汪的，我不喜欢她，不告诉她；至于河南大妈家，仿佛是他们自己的喜事似的，早帮着我妈搬东搬西。做了多年邻居，彼此早就像一家人了，遇到我家半夜有人生病，我妈总在月下狠拍人家的大门，次数多了，他们已经习惯了。那位老伯——我一般称他"老头儿"，急急地披件衣服，推出三轮车，载着我们冲进浓稠的夜色中。道路空旷，医院在极遥远的远方。老头儿不大说话，我喜欢坐在他的三轮车上静静地看他抽旱烟。老头儿跟我大舅一样，烟杆上吊个看不出颜色的布袋，抓一把烟丝摁在小小的铜烟锅里，压实了，点着了，猛吸一口，喉咙里咕噜咕噜响半天。抽完一锅，抬起腿来在鞋底上磕一磕，烟灰纷纷飘落。过一会儿，喉咙又一阵响动，咳出一口痰，呸一声吐到门口的槐树底下，用脚尖捻啊捻啊，直到看不见为止。

新家不知道什么时候盖好的，我忙着吃饭、睡觉，我妈忙着吵架。

奶奶替我们高兴是有原因的。我的旧家其实是一间临街的铺面，是爷爷卖烧麦时建起的小铺子，铺子分作两截，前半截阳光可以照进来，后半截则越走越黑，整个家犹如一条渐渐昏暗的小胡同。我仍然记得后屋里总是亮着一盏昏黄的灯泡，然而并没有因此富有阴翳之美，反而变成一片无边无际的荒莽地带。大姐每次去后屋干活都一副慌慌张张的样子，不敢乱看，生怕在黑暗中不小心看到早已死去的爷爷和刚去世的父亲。

此外，屋子里的老鼠帮和虫子派常在后屋召开英雄大会，大姐不在江湖中，往往惊得意短神摧，所以每当必须去往后屋的时候，就哄着二姐"同去，同去"。二姐白白胖胖，憨厚老实，傻乎乎地跟着同去，后屋的黑暗对她来说就像没有星星和月亮的晚上，有什么可害怕的？

有次大姐干完活儿，急急忙忙出门去了，忘了二姐还在后屋待着。等到真的天黑了，我妈点点人头，发现少了一个，喊了半天没人答应，立时吓得手足无措。后来大姐恍然想起来，带着我们找到后屋，惊奇地发现二姐坐在两口大缸中间的小板凳上，一梦沉酣！不知世上已千年了。

后屋尽头有一扇窄门，打开小门，阳光明媚的后院俨然另一个世界。院子里黄发垂髫，怡然自乐，住着与我们同宗同祖的一大家子。所以说，这间屋子两头通。

爷爷死了，铺子留给父亲；父亲也死了，两头开门的屋子成了我们唯一的庇护所，为我们遮风挡雨。然而自然界的风雨可避，人世间的风波却避无可避。

后院里有一家和我们血缘最近，据说两家的爷爷是亲兄弟，那家的老头子我们称"老爹"。老爹瘸了一条腿，整天拄着一根木拐杖，那拐杖用来支撑身体，也用来敲打小孩子。父亲突然去世后，我妈躺在大炕上盯着破旧的天花板看了好多天，想得天都快塌了仍想不出活下去的法子。可是过了一段时间，看见外面日头照样光芒万丈，天空依旧湛蓝可亲，女儿们高高低低站在面前，双眸闪亮，我妈只好爬起来；更重要的是，瘸老爹适时地以趁火打劫的恶人形象豁然出现，用拉仇恨的方式激励我妈毫不犹豫地挺身而起：不但要带着孩子们活下去，还要和"万恶"的老爹做斗争。

事情的经过是这样的，父亲死后的某个晚上，我家后屋的门板被人狠狠敲响，大姐去开门，一根拐杖先探了进来，老爹像一块浓稠的暗影黑魆魆地跟着拐杖移进来。我妈以为这位大哥是来安慰或者援助的，见了亲人悲从中来，抽抽嗒嗒地欲语还休。不料，老爹黑着脸沉默了一会儿，说明他的来意。

老爹住在我家后院，和其他同宗们一样，往来行走需要先拐个弯，绕到另一条胡同里出出进进。这样走了很多年，邻里欢洽，从没什么怨言，但现在父亲不在了，老爹趁机想出一条捷径，那就是直接从我家后门进，前门出，一路还可以查看查看我们的米面大缸、铺盖大炕，看完施施然走到大街上！人家说这是祖宗留给他的过道。

  我妈立时不哭了，气得无话可说。想想看，姑娘们正在炕上玉体横陈，老头子拄着拐杖笃笃笃地敲过来……痛失当家人的小家庭尚在风雨飘摇中，此刻又要丧失赖以存身的家园。自此，一边要锁门，一边天天把门敲得砰砰响。双方僵持不下，只好拿着地契去找组织。多少个黄昏，比鸡大不了多少的我蹲在家门口，等着我妈拖着瘦弱的身躯从组织处归来，背后是越来越黑的天空。

  调解的结果，是组织为我们盖了新房，在白菜地边，宽敞的大院子，崭新的红砖房，其中一面无拘无束，一直延伸到菜地的尽头。这里的世界无比敞亮，日月星辰不邀而至，生活拐了个弯，重新开始。

  菜地里不相识的菜农比老爹善良多了，有白菜的时候随手扔过来一棵，就够我们吃几天的。菜农收菜时只要上好的大白菜，掰下的白菜帮子丢得一小堆一小堆，遍地都是。我妈很高兴，捡回来，成色好的，人吃；实在不像样的，鸡吃。为着一堆白菜帮子，家里买了十几只小鸡雏，我妈还学会了挑公母，公鸡要一只就够了，母鸡的用处当然更大，鸡生蛋蛋生鸡，满院子咯咯哒，咯咯哒地叫着，一派生生不息的图景。

  我写完作业忙着帮二姐剁菜喂鸡，二姐挥舞菜刀，把白

菜帮子连同菜上的小虫子剁得碎碎的，和馊了的剩饭搅和起来。那年冬天特别冷，二姐以为鸡和人一样，吃冷食会吃坏肚子，一连好多天把搅好的鸡食搞得热乎乎的，鸡们一边啄食一边甩嘴巴。后来大雪纷飞，菜地白茫茫一片，我领着一群鸡在雪地上快乐地画竹印，一路参差错杂。鸡们吃了热食，鸡毛都掉光了，在寒风里缩着光秃秃的脖子。

就在我们刻苦学习、辛勤喂鸡的某一天，晒暖阳的瘸老爹忽然跌倒去世了，应该是脑溢血吧。我妈拎着一串黄表纸、几块饼干，上门去祭奠——毕竟同祖同宗，新房子还是他吵出来的！但这件没骨气的事情却让我大姑鄙视我妈好多年。

大　姑

我认识大姑的时候她已经子女成群了,而且寡居了好些年。大姑夫静静地作为遗像挂在墙上,一张灰白的脸清瘦、狭长,鼻梁上架着酒瓶底那么厚的近视眼镜。我仰头盯着他看,他寂寞地看着远方。

大姑家的小巷子斜插在大北街上,距我家几百米之遥。稍大点儿了,我就会自己跑到大姑家。当然了,一定是在午饭时分。通往大姑家的路众声喧哗,烟火生香。那时候各家各户的院门老是敞开着,家家门口蹲着两块大石头,闲暇时候上面坐着女人和孩子,现在想来,或许是石狮子的一种意象吧。我多想自己家也有一所大院子,门口有两块大石头。我趴着大姑家的门框,刚跨过高高的门槛就喊"大姑,大姑",我不敢直接进屋。大姑在厨房里清脆地回应一声,命令某个表姐出来接我。大表姐已出嫁,二表姐长得像大姑夫，瘦高个儿，长脸上架一副眼镜，镜片也是厚厚的，看我的时候先眯眼，没等她眯清楚，泼辣的三表姐已经开始指着我的鼻子骂我鼻涕虫。当头吃得一骂，我吸溜着鼻子呆呆地站在院子里，不知当走还是当留，茫然失措。想想那些年，为这两条不受控制的家伙挨了多少骂啊。孱弱的四表姐有点儿结巴，但是心软，她返回屋里拿出一张纸来，替我把鼻子擦干净。有时候三表姐亲自动手，把我好一通打扫，下手特别狠，小鼻子被她捏得红通通的。

很多时候，大姑半弯着修长的身子正在擀面，听到三表姐骂我，拍拍面手出来护短，坚信长流鼻涕是种特殊本事，将来要大富大贵的，因为这是她兄弟的预言。大姑一说"我兄弟"就带了点儿唱腔，表姐们像听到撤退号令似的，唰一下躲走了。只有我仰着头等待下文，可是大姑又不唱了，撩起围裙擦擦眼角，拉着我回屋继续擀面。面板上一团又圆又厚的白面，一截粗粗的红枣木擀面杖，红白相间，色彩鲜艳。我趴在案板旁边口水咽得咕嘟响，目不转睛地看大姑擀面。大姑的围裙干干净净，手上零零星星沾着一点面粉，这样一个极爱干净的人，见我脏兮兮地来蹭饭吃，她居然一点儿也不嫌弃，擀着面条还吩咐表姐们拿糖给我吃。表姐们不听，糖很稀罕嘛。大姑只好放下擀面杖，自己去柜子上的大肚子瓦罐里掏半天，掏出一粒糖来，我噙进嘴里，觉得真快乐。

面条终于出锅了，大家围桌而食，当然也有我的一小碗。我挤在中间，扒拉着碗大口吸溜，小饿死鬼似的，看得大姑不免又伤心起来，想起她的兄弟，一唱三叠。三表姐就不耐烦起来："又来了，妈呀，别念叨了，听得人大白天都瘆得慌！"

表姐们老骂我，我小小的心灵受到伤害，不敢多去。反正过不了几天，大姑就会来的。黄昏时分，晚霞红彤彤的，所有的景物晕染上一层金红，大姑从美丽的夕阳里走来，带着蛋糕或者几个水果，甚至于面条和白面馒头，总之从不空手，神仙一样降临。这些东西很实惠，可以立即吃到肚子里去。

老实说，我大姑是个美人，身姿挺拔，背颈笔直，脸如圆月，眼如秋水，无论哭还是笑，都很好看。大姑每次来，模式都差不多，笑呵呵地进门，我妈赶紧让座。可是闲谈不了多久，不管先前说着什么，大姑总会长叹一声，折到往事上，提起她可怜的兄弟……

起初，我妈比大姑还伤心，后来低头不语。再后来，大姑依旧从头说起，我妈就有点心不在焉。要么让茶让饭，要么忙活自己的事情，好像大姑的兄弟和她没有半点儿关系。

事情终于在我大了几岁的时候搞明白了，大姑念叨的兄弟不是别人，正是我猝然去世的父亲。大姑哭诉起来非常悲伤，涕泗交流，但又有板有眼，抑扬顿挫。大姐如果没上班，这个时候就佯装有事先走开了。大姑哭，家里只有我陪着哭，气氛惨淡。外面的阳光明晃晃的，该春天就春天，该夏天便夏天，不会因为我们的际遇而有什么变化。其实我压根儿不记得父亲的样子，我只是被大姑的哭诉感动得情不自禁。后来我成年了，也学着我妈的办法赶忙岔开话题，但大姑不接，头也不回地一条道走下去："……好多天我不能上班，我的心难受啊，我找组长请假……"

好了,终于说到工作了,大家一起长吁一口气,因为大姑谈到她的工作必定破涕为笑,似乎看个自行车有多了不起:"那会儿看车子可是街道办的正式工作,你们小时候,大北街最热闹了,存一辆车五分钱(也许两分钱)……"

大姑不哭,我也不好意思哭了,开始听她讲大北街一带的热闹景象。作为当时小城的中心地带,经大姑一番描述,车喧人沸的大北街如现眼前。据说那里有个电影院,格外让人心驰神往。电影院门前成排的自行车延伸到很远的地方,大姑在其间指挥若定……故事讲到这里,总是大姑最美丽的时候,可惜话题不知从哪一个节点陡然飞流直下,大姑转而开始分析父亲出事的原因。大姑的结论是,父亲那么善良能干,好人应该有好运的,这是一起冤案,并非意外,而是人祸,出事时在场的那人就是杀死我父亲的凶手。

在大姑神一出鬼一出的推测和叙述当中,我也被训练得想象丰富,随着大姑咬牙切齿,臆想种种报仇雪恨的方法……时间在假想中一年一年过去了,可惜我还没来得及长大,那人就病逝了,再没有人知道当时发生了什么。

与大姑不同,我妈不大同意他杀的猜测。每当我妈用细弱的声音怯怯地表示不同意见,大姑就会勃然大怒,脖子上青筋暴起,非常看不惯我妈没出息的样子,越说越生气,最后把门用力一摔,扬长而去。

大姑一双解放脚,怒气冲冲地疾步如飞,脚上一双布鞋永远黑白分明,像她的性格一样。

大姑一生气,我就担心她再也不来了。最初那段没有父亲的日子,刚烈的大姑是一种力量,支撑着这个几乎倾颓的家庭。况且,她不来,那些好东西怕也不会再来了,生活将会变得多么贫瘠、寡淡。姐姐们也心有戚戚,怪罪母亲,母亲淡淡地说:"这都是命……"然后长叹一声,那声音呜咽一般,从胸腔里发出来,听着让人害怕。

还好我的担忧是多余的,不消两天,大姑又上门来,从头开始,喜怒哀乐轮番上演。大姑没文化,但她是我这辈子见过的最有语言天赋的人,喷珠溅玉,利箭飞刀,择人而赠。她一来,我们什么都不干了,聚拢在她周围,连房客和邻居都闻风而动,端着碗,捧着杯,非常投入地跑来围观。

但也有人不是大姑的粉丝,比如后院的老爹,每次遇到大姑,拐杖笃笃地赶紧乱杵,想要疾速躲开可惜又走不快,于是,每次都被大姑截住,把他欺负我们孤儿寡母的恶行再次揭露一番。

老爹沉着酱紫色的脸,狠狠地用拐杖捣了捣地,又捣了捣地,槐树荫浓,喘着粗气的老爹一言不发,慢慢走远了。过了几年,听说他突发脑溢血,一头摔过去倒地身亡。那时我们已经搬到了白菜地边的新家,天高地阔,岁月静好,所以当老爹的死讯传来,我妈已经忘记了仇怨,甚至还有些难过。大姑则不同,欢欢喜喜地漏夜来访,警告我妈不要好了伤疤忘了痛,人活脸,树活皮,坚决不许我们去祭奠。

大姑走后,我妈想了又想,悄悄地溜出去送了一串黄表纸,一点儿都不听话。这事被大姑知道了,气得很久没有登门。

大姑现在八十多岁了,还会常来,手里仍然提着几个水果,按照她老人家的说法:"一辈子绝不白吃别人一口饭。"每次她颤巍巍地进门,我妈都会吓一跳。大姑老了,坐下去半天起不来,精神迟钝,眼神涣散,陈年的话题有如车轱辘,翻来覆去地说,但只要提到我父亲——她同父异母的兄弟,思维一下子便清晰起来,悲伤和愤怒在她深陷的眼窝里交替闪现,浓厚的亲情因为突然失去而美好得简直不可琢磨,像一轮太阳,永远给予人温暖,又有言不能及的伤心。

过了一会儿,正在玩耍的我的女儿引起了大姑的注意,她摩挲着小家伙的小脸忽然高兴起来:"这是三儿的小闺女吗?长得精眉怪眼的,看着可亲。"

活在春天里的人

春天来了,开花的要开花,发芽的要发芽,天地山川从早到晚都有东西呼呼地生长,只不过人们听不到草木开花发芽的声音。清水巷里的槐花也开了,一路香到东街上去。槐花下人们来来往往,有的人在,有的人不在了。

想起一个人,在我很小的时候就认识他了。很多年里,想见的时候他从巷子里穿过,不想见的时候他还从巷子里穿过,总像春风一样傻乎乎笑呵呵的,由东而西走到巷子尽头,然后向北,意志很坚定,必折到东大街上去。有时他也会停下来抬头看一棵树,或者低头观察地上的虫子,表情痴迷,你永远不知道他在想什么。

很多人和我一样认识他,但没有人知道他从哪里来,到哪里去,也不知道他的年龄,可能十八也可能二十八的身体,永远套在八成新的黑蓝色中山装里。岁月一年年过去了，那外套渐渐模糊起来，不辨颜色，但一直还算齐整。外套里面，有一天，风掀啊掀，就露出一角黑布老棉袄。

每次见他我都觉得他很神奇，冬天不怕冷，夏天不怕热，那身衣服似乎长在他的身上，成为他身体的一部分，就像鱼身上长着鱼鳞，鸡身上长着鸡毛。出于好奇，有次一大群小孩子跟在他的身后，想从他的视角看看天空，想知道他到底在看什么，为何总是这样兴冲冲的。结果这个人不耐追随，只被跟踪了一小截路他就回转身，朝小孩子哇哇大叫，并狠狠地吐出一口唾沫，飞落到人群中。

"傻子，傻子。"孩子们大声叫着笑着，仿佛很是出了一口恶气，继而一哄而散。

身为一个傻子，应该蓬头垢面、衣衫褴褛，甚至于鼻涕邋遢、目光呆滞才是，然而此人头脸干净，目光时而灵活时而专注，好像这个世界上每件事物都极富乐趣，偏偏别人又没发现，以至于他情绪始终高涨。从这点来说，简单地称他为"傻子"似乎并不大合适。

那个时候的春天，蓝天晴好，土地松软，小白菜们探头探脑，连蚯蚓都从土里钻出来溜达，万物萌发的气息让人禁不住盘算起前景明亮的生活来。做点儿什么呢？我妈看了看天，决定趁着好天气，打点儿煤糕。

打煤糕也叫"调煤"，山西煤多，人们在日常生活中用煤很阔气，打一大片煤糕，划成小块儿晒干，用一块儿搬一块儿，烧起来特别方便，烟火气象从不间断。但打煤糕是个力气活儿，按照一定的比例，用水调和煤与烧土，光有煤是不行的，煤这种东西自由散漫，无论如何黏不到一起，需要加一点儿烧土才能黏合。我们管那种深黄色的土叫"烧土",烧土来自东山上,也来自东城墙,不断有城外的大马车堆得高高地载了来,花钱才能买到。不知道烧土为什么总从东面来,等我长大了,一座城墙也被挖完了,所谓的城墙移到了人们的记忆当中,横亘在城里人和乡下人之间。街上也没有了卖烧土的大马车,生活富裕了,人们开始利用更加方便快捷的天然气供暖。

天然气为何物?几十年前的我妈当然不知道。现代化太遥远,眼前的要紧事还是调煤,怎么个调法呢?她老人家看看自己瘦弱的身板,又看看我在白菜地边忙着寻找蒲公英,一朵,两朵……深深地感到家里没有男人的无助,只好寻找帮手,出了院子走到胡同里去。小胡同里住着十几户人家,家家大门洞开,阳光长久地照进去,照着每一家的壮劳力,邻居们都在过着自己热气腾腾的生活。要人家帮忙吗?这种事情偶一为之还行,每次都求不免有些不好张口。我妈从一家一家院门前踟蹰而过,不知不觉就走到了胡同口,转机就这样出现了:那个人手舞足蹈恰巧经过,可能春天让他格外高兴吧,他笑得比任何时候都要明媚。噫,这就是个好劳力嘛,调煤又不是什么技术活儿。这样想着,我妈开口喊了一声:"哎,孩子,那孩子!"

清水巷里行人不多,槐花的香气如水一样流得满街都是。我妈的声音破水而出,如果能看到,彼时的槐香正一圈圈荡漾开去。那人的舞蹈戛然而止,他停下脚步,扭头看看我妈,又看看来时的路,一脸迷惑。

"那孩子,就你,你过来。"

我妈也拿不准是自己的喊声还是别的什么事情吸引他停了下来,再次试探着冲他招招手。或许这种极具母性的笑容和呼唤对他施了魔法,春光里,恍惚间我妈就成了他的亲娘?这个人转过身来,乖乖地几步横跨过马路。

"你会干活儿吗?"

他痴痴地点点头。

"那跟我来。你会调煤吗?"

他又点点头,不说会,也不说不会。只好先领回家,或许看到煤堆,他会恍然大悟。那人很听话,也许是被春天迷住了,或者他像春天一样傻,或者干脆就是想妈了!他很听话地随着我妈来到白菜地边我们的家。这下我可高兴了,抓着一把蒲公英直起身来,我可以长时间近距离地研究他而不怕他怒气冲冲地冲我吐唾沫了。

"你会调煤吗?"我妈小心翼翼地再次询问。用一个傻子,实在有些忐忑,万一这个人忽然发起疯来,我们又控制不了,请神容易,怎么把他顺顺利利送回槐树底下的巷子里去呢?

但,那人居然清清楚楚地说出一个字:"会!"

这就好办了,我妈很高兴,指指西墙根儿,那里有一大堆煤和一小堆烧土:"我可没有工钱给你,只管饭啊,管饱!"

倒不是我们欺负他,那个时候的规矩大抵如此,拉板车、收废品的贩夫走卒,时不时会做一回短工,凭力气干活,赚一顿饱饭。我仰着头,安静地用一双黑眼睛看他。这个人中等身材,不胖不瘦,却很结实,神情在欢乐和痴傻之间不好判定。我妈指挥他，用箩筐开始挑煤。这种单调的工作还是很好做的，我们看着他一筐一筐，把煤倒在院子中间，堆得像小山一样，顶部尖尖的。堆好了，他笑嘻嘻地看着，总算大致不差。春风吹着他的衣摆起起落落，黑棉袄在里面闪一下，又闪一下。几只鸡在院子里慢慢踱步，见他走过来，唰地跑开了。

他开始学着在煤堆顶端刨坑，坑里要放水，几桶水倒下去，什么也不管了，傻笑着看水在煤坑里荡漾冲击。我也看，看土黄，看煤黑，看水一点点渗透，直看得快和他一样傻了，他才操起铁锹换了个玩法。一锹下去，煤堆与水的平衡即刻被打破，细细的水流从各个角度冲下煤山，万马奔腾。眼看一整堆煤就要溃不成军了，如果他不懂得抓紧时间调和到一起的话，院子里就要一片狼藉了。

"孩子啊，这是做什么……"我妈不知道说什么好，冲过来赶紧补救，那人抡圆了膀子也学着我妈的样子补救。壮劳力的优势立即显现，就算是个傻孩子吧，认真起来真是一把好手，如切如磋，如琢如磨，专心专意地和一堆煤较劲，斗架一样。春阳温煦，那人出得一把傻力气，身上开始冒汗，要知道中山装下还罩着老棉袄呢！

他如此卖力，我妈特别感动，不止一次劝他"歇歇吧"，又命令我去倒碗水。但他不肯停下来，好像在疯狂的调煤中找到了极大的乐趣，一堆煤调得匀和无比，按照我妈的说法，这煤调得，"啧啧，精抓抓的！要是和面的话，早筋道了！"然而也说不得了，拦住一个发疯的人真是一个难题。好在饭熟了，他一看到热气缭绕的饭菜，扔了铁锹，黑着两只手就来抓馒头。我也拿了一个掰开，正午的阳光当头照，玉米面馒头中间扯出几丝细细的银线，越拉找长，颤巍巍的——馒头有些变质了！可是这个可爱的家伙一点儿也不在乎，一个馒头三两口就吞了下去，好像吃着天下最美味的食品，看得我妈有些良心不安，一个劲儿地解释，好像他能听懂似的："东西馏热了就吃不坏肚子了啊，你看，我的孩子也吃这个，我也吃这个……"

后来我家不再大量打煤糕，要烧火，由妈妈和姐姐们一小块一小块地调好。邻居固不可求，傻子这样的好劳力也不宜多用，劳动强度大，又吃不好，好像有些蒙人，不是吗？

傻子依然神情喜乐地穿过巷子，每次我总想上前套个近乎，希望他看在我们一起调过煤的分上，帮我捋串槐花或者扭个柳笛，但他的眼神好像无知无觉，又好像被万事万物占满了，独独看不到小小的我，显然已经忘记我们那一小段快乐共处的时光了。看到我准备凑上前，他甚至瞬间回转到现实世界，狠狠地冲我一龇牙。唉，我终究没有机会深入到他的心里，窥探他的秘密，看他到底活在哪一个季节。我总认为他不是傻瓜，他的世界神秘得不可探究，他像永远活在春天里。

属于我的时光很快溜走了，那人的时光就不清楚了。长大后我离开了清水巷，偶尔见到他，还是一如既往兴冲冲的模样，像二十八也像十八。后来有一天回娘家，我妈说："还记得那个傻孩子吗？东关的，死啦。"

满城花落，又一个春天逝去了。

老火台

作为一种旧事物,老火台像一个勤勤恳恳劳作了一辈子的老农民,终于可以休息了。换句话说,它被飞速发展的时代永远淘汰了。可是在小时候,老火台是生活里不可缺少的配置,"上言加餐饭,下言长相忆",家家厨房都建有长长的火台,我家当然也不例外。

大舅风尘仆仆地赶来,用两天时间帮我们在小厨房里砌了个红砖火台,用来做饭,也用来取暖。大舅手艺粗而杂,木工、瓦工都能干一点儿,可都干得潦草,他砌的火台样子粗笨,但大舅一边抽着旱烟,一边满意地东看看西看看,一副很有成就感的样子。

长长的火台前端,大舅在靠近烟道的位置特意埋了个小口大肚子的黑瓦罐,隔着一砖远,与红彤彤的炉膛邻里相依,有炉膛日夜烤着,瓦罐里的水每时每刻都是暖的。这种装置既科学又方便，每天掀开小瓦盖，舀水用来洗菜洗碗，温暖宜人。我们家的小瓦罐还用来"懒"柿子。一到秋天，柿子成熟了，四邻八乡有人载了一筐筐柿子走街串巷地叫卖。有种柿子介于熟与未熟之间，颜色发青发黄，摸起来硬硬的，虽然买柿子拣软的捏，但据说这种涩柿子只要给它以温暖，它便还你以甘甜。我妈买来，放在瓦罐里泡两三天，温吞吞地拿出来，啊，柿子变得又软又甜！懒，原来可以是这样一个动词，这样一种情状。

作为火台，烟囱自然是少不了的，砌火台的水平一半要由烟囱出烟顺畅与否来鉴定。烟囱紧靠墙角，成等腰三角空心状，尘满面，鬓苍苍，里外熏得黑乎乎，当然也是暖烘烘的。另一半，即最重要的组成部分——炉膛，大约家家都是一样的吧，一日三餐，俱从此出。闲暇的时候，用半熄不熄的炉膛烤红薯、烤地瓜，满院子都弥漫着红薯、地瓜的香味。

炉膛之右，火台后半截使用起来就比较随性了，上面放锅、放菜、放杂物，有时候也放我们——冬天里坐在上面烤火取暖；下面则做煤洞，身为山西人家，烧火做饭当然用煤。山西富煤，给人的印象好像遍地都是，有一次我骄傲地告诉一位南方朋友："煤有什么不好搞的，我们家后院，随便挖。"朋友一听，哈喇子立即流老长："哎呀，那都是黑金呐！"

其实我家无后院，前面的领地倒是大得很，一望无际的白菜地，不知下面会不会藏有沉睡了千年的煤海。

火台因为温暖，当然免不了虫之奔奔。特别爱炫耀的是灶蟀，常常挺着两只细长的触角蹦来蹦去。晚上的火台是它

们的,我们休息了,它们就在火台上高声鸣唱,跟白菜地里的蚂蚱蟋蟀们一唱一和,响成一片。偶尔我们经过,忽然开灯,火台上下又唱又跳的足有七八只,稍一走近,立即跳开,简直比我们聪明多了。蚂蚁当然也少不了,隐秘的火台里似乎住着个蚁国,蚂蚁们常常排成一字长蛇阵,咔嚓咔嚓向饭粒进军,遇水过水,遇山过山,爬过瓦盖,爬过窗台,爬上烟囱,有时候胆大包天,遇到锅盖开着也敢大踏步前进。一般来说,互不侵犯是起码的外交原则,它们竟然跑到锅里去了,太过分了,我妈想了很多办法都除之不尽,一生气,提起茶壶浇一通热水,洪水滔滔,它们就死得死,跑得跑,溃不成军,大概亡国了。还有一种虫子我们叫它"没牙婆",不知道为什么叫这种名字,因为没有牙?身体近乎灰褐色,形状非常不美,既不像蚂蚱美腿,又不像蚂蚁细腰,看上去十分心塞。它们的家族也比较兴旺,非常不好消灭。后来才知道它们有个学名叫"鼠妇"!

到了冬天,温暖的火台就成了我们和虫子们争抢的宝地。我趴在火台边烤手,因为寒冷,手指冻得像几个小胖萝卜,双手在炉火上一笼,仿佛个个透明。二姐的手指很好看,皮肤雪白,经火一烤,白里透红。贫困好像从来不会对她有什么影响,一直都胖乎乎的,头发又黑又亮,直鼻红唇。大姐也好看。我妈把姐姐们都生得雪白,到生我时,就不用心了,像蒸馒头似的,碱放大了,我就生得发黄,跟姐姐们躺一块儿我很气馁,缩在被子里有种不想活了的念头。

大姐去上班了。大姐每天上班都要带一盒米饭,饭盒里满满的白大米,用大舅砌的火台做出来的!我妈盛满后压了又压,大姐才十七,养家的担子就落在她的肩上,也落在那盆米饭上。但我不懂事,因为吃不到白米饭,噘着嘴去吃玉米面做的煮疙瘩。粗糙的玉米面在嘴里嚼过来嚼过去,眼泪簌簌,难以下咽。

外面的天气却不管人世的艰难,飘飘扬扬下起了大雪,菜地一片雪白,远远近近的房屋上落满了厚厚的积雪,周遭宁静,众生安好,与童话世界毫无分别,让人有一种抑制不住的欢喜。我早忘记了白米饭与煮疙瘩,在雪地里玩得棉鞋都湿透了。二姐把小板凳放在火台上,那是冬天里最温暖的地方,我爬上去把脚放在炉火周围,湿棉鞋渐渐开始冒烟儿,湿气蒸腾,袅袅飞升。

雪花隔着窗户飘飘洒洒,覆盖大地。火台上时光悠长,我们无事可干,二姐认真地查看我嘴唇上面的八字胡,十分好心地决定帮我拔胡子。二姐说,鸡吃了一冬天的热食掉了很多毛,你很努力地吃了那么多热饭,汗毛居然还这么茂盛,这样下去你会长成男人的。其实二姐骨子里才像男人,总喜欢找男孩子们下军棋,硝烟弥漫,人喊马嘶,是女孩子玩的把戏吗?她把我的双手夹在两腿之间,扯根线,作势开拔。

绞线拔汗毛,据说姑娘出嫁开脸使用的就是这个方法,毛茸茸的脸开过之后,像刚煮出来的鸡蛋,光滑而富有弹性。我离出嫁还早着呢,胡子固然让人羞愤,但四时行焉,万物生焉,也是合理存在。被人专门提出来当作问题解决,我觉得羞愧不已,愤然起身,于是,只听得我年幼的左胳膊隐约一声轻响,作为我身体的一部分,那胳膊瞬间自主了,皮肉相连却不受指挥。二姐慌里慌张松开膝盖,伸手一扶,剧痛霎时袭来,千愁万恨涌上心头,我借机号哭得昏天黑地。

暖和的老火台成为我胳膊脱臼的地方,与瓦罐、与那些鸣叫的蚂蚱、行军的蚂蚁、黑暗中的鼠妇以及种种旧生活一起成为永远的回忆。多年以后我对我的夫君说,我可是积木堆成的呐,都是活部件,一丝儿推搡不得。

妖大妈

大约想去什么地方吧,我从院子里出来,天空星光熠熠,面前水田漠漠,月光下风清水澈,水下似有另一个不同的世界,我猜那一定是清泠泠的所在,而水面上盛开着青白硕大的花朵。隔着这片广袤的水域,对面的高楼大厦若隐若现,显然是大都市。想了想,我还是打算到对面去,那个时候对我而言,去遥远的对面似乎不是什么难事,不用舟楫,提衣涉水,平白无故我就会凌波微步,在水面上飘忽若神,悠闲四顾。这才发现那些纷纷盛开的白花不是白莲,不是青莲,倒更像由翠而白的大白菜……惊诧之际,梦就醒了。

醒过来,白菜地还是老模样,水田消失了,土地下面还是土,诚诚恳恳地待在那里。这梦来得无缘无故,搞不清楚为什么做这种南北交融的美梦,梦里水溅在衣衫上的清凉感觉似乎还在,但既已梦醒,脚步不再飘忽不定。我走在白菜地里，一步一个小脚印，踏踏实实，堂堂正正，不像巷子里的那位大妈，走起路来扭答答、轻飘飘的。

白菜地边倒数第三家住着妖大妈。我暗里称大妈为妖，倒不是因为她走路的姿态，细细道来，这位大妈的种种做派实在让我看不惯。嵇康见人分青白眼，我那时不知道这个人物的存在，我看妖大妈纯粹出于本能，眼睛从下往上用力瞪着她，露出眼白，以示鄙夷和厌恶。我想和她划清界限，我自认为和她的关系很不好，但因为我太小了，完全可以忽略不计，所以妖大妈从来也不跟我一般见识。

妖大妈家的院子和我们的一样大，院子里面的人可不一样多，妖大妈生了七八个孩子，她的孩子又生了孩子，人丁兴旺。我对其中的大部分成员毫无印象，只对极少数几个比较熟悉，比如妖大妈的长孙女。小姑娘叫"肉墩儿"，两三岁的样子，黑胖黑胖的，没什么脖子，大脑袋直接搁在肩膀上，两只黑眼睛毛茸茸的，时常迈着小胖腿到处寻找她的奶奶。

妖大妈似乎生活安逸，不上班，不种菜，家务事也做得少，所以常常有空折出门来找我妈闲聊。更重要的，仿佛她骑着高头大马，顾盼有姿地来看看别人家如何骑着驴子过活。此心所切，连孙女都不管了，她可是肉墩儿的亲奶奶啊！于是，在巷子里并不平坦的土路上，肉墩儿跌跌撞撞连滚带爬，寻找奶奶的道路十分坎坷。

有一天，天都快黑了，妖大妈还坐在我家堂屋的旧木柜子上不走。旧木柜子如同横放的小木箱子，后来才知道那叫"钱箱"，不知道当年祖宗们放过多少铜钱，到我们手里的时候，小箱子的油漆早剥落得无影无踪，全然露出旧木头的原色，有些地方都朽了，有时候老鼠啃着吃，有时候则是我抠着玩儿，木屑纷纷如雨下。其实我只抠过几次，我妈看到了骂我："抠完你坐什么！"两个柜子分放于桌子两边，那是我家的太师椅！二姐坐在上面读书的样子我仍然记得，灯影昏昏，人影绰绰，她能考上大学，破木柜子功不可没。后来我也坐在上面，两条腿不老实地蹬着老柜子，一边写作业，一边照镜子——桌子正前方挂着一面长方形的梳妆镜。

妖大妈占据了一面柜子，我妈没有时间陪着她坐下闲聊，出出进进忙着手上的活计，进得门来就搭两句话。我们态度冷淡，妖大妈倒不介意，好像专为等我妈那两句话似的，坐在堂屋，扎了根似的。老实说，五十左右的妖大妈五官端正，皮肤红润细腻，身材匀称，看上去比我妈年轻得多。大概因为少操劳、远庖厨的缘故吧。

关于我妈的脸色，有次小学老师布置了一篇作文——《我的妈妈》，我趴在小桌子上认认真真地描述："我的妈妈很瘦，脸色蜡黄，薄薄的皮肤紧绷在鼻梁上……"

老师是个瘦骨嶙峋的中年男人，看完我的作文，抬起骨节粗大的右手向我招了招，我以为自己描写生动，要受表扬了，神情笃定地走过去。不料老师脸色一沉，伸出手指戳着我的作文本："看看你写了些什么！难道你活在旧社会吗？你妈妈活在旧社会吗？"

我很委屈。我说的都是实话！

后来老师去家访，回来后感慨万分："幸亏你生长在新社会，搁在解放前，你就是地主家的丫鬟啊，说不定会是童养媳。感谢党,感谢新中国吧,没有共产党,你哪有机会坐在这里读书!"

老师啊,都20世纪80年代了好不好,您以为这是1940年吗?况且您自己也瘦巴巴的啊!每次他讲课讲到一半,开始满教室找我打算重发感喟的时候,我心里就极端抗议,气得满脸通红。

与我妈和我的老师相比,妖大妈无疑是地主婆的模样,双颊丰满,眼神发亮,全身散发着郁美净的味道。大姐说,妖大妈每天洗完脸要搽郁美净。我不管她是否香气四溢,外面的天已经黑透了,搽着郁美净的妖大妈还不走,堂屋的镜子里,小小的灯泡黄闪闪地亮了。

我要洗脚,我要睡觉!但我以为洗脚是件较为私密的事情。邻居有位老奶奶,每次洗脚都要趁院子里没人的时候,倒插好屋门,慢慢地把长长的裹脚布一层一层打开,最终露出一双奇形怪状的三寸金莲,大拇指粗大而孤独,其余的四个脚趾弯折向下,紧贴在脚底,死掉一样,看得我仿佛自己也畸形了似的难受了好些天。从此以为洗脚如同洗浴,不宜当众进行,妖大妈看见一定会说点儿什么吧。

妖大妈雕塑一般端坐不动,我困得实在太厉害了,只好气哼哼地打水,脱袜子,妖大妈果然叫了起来:"哎哟哟,真好看的小脚丫,跟两个小烧饼似的。"

怎么可以比作烧饼?烧饼是圆圆的扁饼子,烤得黄生生的!就算夜晚灯光昏黄,映照得其色如此,但形状无论如何也不会是烧饼。要论贴切,那也应该是豆包!我气得紧闭了双唇不理她。

谁也不知道我讨厌妖大妈的真正原因，这是一个秘密，我没有对任何人说过，也说不清。这个秘密压在心头，很不开心。

事情得从某个夏天说起。

一到夏天，阳光炽烈，晒得人浑身燥热。槐荫下倒是清凉，但槐树只长在清水巷的街道两边，我们的小胡同里什么都没种。大部分人家的院子里也不种树，烧白了的阳光无遮无拦倾泻到每一个院落。于是，中午吃饭的时候，人们喜欢坐到大门洞底下，那里不但避阳，还有穿堂风不停地来回轻拂，因风生凉，惬意得很；或者踱到别家门洞闲谈兼吃饭，比比各家的饭菜，吃完了问主人要一碗面汤，聊聊家长里短，炎炎夏日就如此这般地在闲谈中度过了。

有一天，我们在大门洞里摆好了小饭桌和几个四条腿的小木凳，都是大舅做的，歪歪扭扭，品相不佳。显然，我们吃饭晚了。妖大妈领着她的房东有说有笑地从阳光下踱了进来，一副吃饱了闲看风光的样子。我妈赶紧让座，小木凳子让给他们，我只好坐在木墩子上。

原来妖大妈住的房子是整院租赁的，她的房东姓李，中等个子，年纪和妖大妈相仿。隔着小方桌，我妈和他们谈笑风生。我没有走开，因为那时还不讨厌妖大妈，虽然她有时表现出一点儿高高在上的优越感——她的家境比我们好，有儿女上班挣钱了嘛。但我们不气馁，他们没有自己的房子，我们有！仅此一点，妖大妈刚刚端起的身架就得放下来。那天，李房东坐在对面，她更笑得像一朵花似的左右摇摆，郁美净滋润着的面部要发出光来。

我只听了一会儿就听不下去了，先开始讨厌李房东，那么老的男人了，为老不尊，说出来的话像肥猪油，油腻腻的。我吸了下鼻子，他说我在煮粉条，一点儿都不尊重我！我用力翻翻白眼，噌一下站起来，动作激烈得筷子都掉地上了，只好弯腰去捡，却看到了不该看到的一幕。

小饭桌放在中间，妖大妈和李房东隔桌对坐，李房东翘着的二郎腿不时晃几晃，很享受的样子；妖大妈双手放在膝盖上，李房东说我煮粉条的时候她乐得直拍大腿，好像得了什么便宜似的。饭桌底下，我看到妖大妈的右脚从花布鞋中脱出来，向前伸，掀起对面李房东宽大的裤腿，在裤管里上上下下蹭来蹭去。李房东像腿麻了一样，装作什么都不知道，脸上嬉笑如常。夏天，穿着单裤的李房东，腿上汗毛很重。这是什么情形？不是什么好画面吧？我又气又羞，并且觉得恶心。

白菜地在阳光下静默无语，我抬头看看他们，毫无大人应有的贞静端雅，实在辱没了清新质朴的白菜地气息。

妖大妈没有丈夫，我妈说，她领着一家老小寄人篱下，儿女纷纷长大，分枝散叶要找工作要成家，她也很不容易。我妈说这话的时候已经七十三岁了，妖大妈应该更老一些。既然如此，看在生活不易的分上，我原谅了妖大妈年轻时的轻薄行为，没有人知道我曾多么讨厌她。妖大妈终于有了自己的家，在小城的另一端，离我们很远。郁美净应该升级换代了吧，生活蒸蒸日上，不必再仰人鼻息，想来她应该鬓插红花，妖答答地扭在街头行进的老年秧歌队里才相宜，说不定还是台柱子呢。

二姐的老师

四月的一天，黄昏快要来临了。"日之夕矣，羊牛下来"，从巷子口望向小街，三三两两的行人不断闪过巷口，向左或者向右，都走在回家的路上。

小街，我记得谁家有一树梨花，正值草长莺飞的时节，繁盛的梨花一定探出了墙头，挤挤挨挨，开得热闹又无声。慢慢地，树枝上就挂满了青梨，像是对花的一种承诺。可是，梨花再多也没有香气，不抬头不注目都忽略了它的存在。槐花就不一样了，我老是写到槐花，贫瘠的童年里槐香浓郁，一生都挥散不去。而那天，黄昏近了，很多人都行色匆匆，包括云彩，也在急急忙忙地赶路。喧闹散尽，槐花的香气在空中飘来飘去。

我站在院子门口，无比怅惘。梨花白，槐花香，春光诱人，但有两狗当道，巷子虽通向小街，我却出不去。那家的位置接近巷口，一院子五个小孩还嫌不够，好端端地忽然养了两条狗！他们的狗嗜好剪径，而且不谈价钱，但凡有人路过，一声不吭冲上去，先咬而后快，让人防不胜防！它们的耳朵灵得很，当然，也可能是狗鼻子的罪过，我试过屏住呼吸、蹑手蹑脚地想溜过去，依然被它们追咬得鬼哭狼嚎，逃窜回家。巷口是人们上学上班的必经之地，经过多次尝试，我妈终于找到了治狗的诀窍，每次走过，手里先举着两块大板砖，咬牙切齿，怒目圆睁，那架势不免就恶狠狠起来。两狗冲出来一看，哎呀，这人不大好惹，作势叫两声，悻悻然回家了。饶是如此，躲在我妈身后的我仍然血脉贲张，紧拽我妈衣角的手汗涔涔的，又恨又怕。后来发现，我妈的做法神似阿凡达，弯下身子，龇出尖牙嘶嘶低吼，狗一害怕，情形就好多了。

如此罪恶昭彰的东西我没法子对付它，心头渐渐平静，看暮色从巷子两头重重叠叠开始合围，巷子快要被吞没了，黑夜就要来临，然而随着暮色四合，从巷口忽然折进来一个人！骑着自行车，不慌不忙。哎呀，照此下去，一场咬人事故就要不可避免地发生了。我替他着急起来，可惜也帮不上什么忙，只能眼睁睁地看着两条黑影闪电一般骤然冲出，巷口立时一片兵荒马乱，夹杂着男人的惊叫。显然这是一个陌生人。

过了一会儿，狗叫声嘹亮起来，得意扬扬的，想来伏击成功，在向主人邀赏。这家的女主人和她的狗一样，牙尖嘴利，擅长撒泼，总是等狗咬完了才慢腾腾出来查看事态，随时准备大干一架，这次也不例外。不料地上的男人一句抱怨的话也没有，于是女人和狗意兴阑珊，悻悻然回转家门。男人扶起车子，又在地上划拉半天，这才慢慢推着车子往前走，几步一停，路过每家门前都要踌躇一下，显然被狗吓得不轻。巷子越来越黑，不知道他要去哪家。我转身往回走，准备告诉我妈："又有一个人被狗咬了。"

我妈刚忙完院子里的活儿，直起身来，一边系围裙一边走进厨房。二姐倚着门框发愣，顺着她的视线望去，天空越来越暗，人间一日将尽，夕阳落下去，为的是明天升上来。我看看二姐，又看看厨房，一时不知跟谁说好，这条巷子里狗咬人又不是什么稀奇的事情。闭着嘴巴待了一会儿，便听到院门口传来一阵声响，有人走近，自行车哐啷哐啷，旋即大门的门板被咚咚地敲响了："有狗吗？有人没有？这是二闲的家吗？"

不消说，先问狗后问人，惊魂未定，我知道他是谁了，但我又不知道他是谁，天黑了，找上门来，竟然喊的是二姐的名字。二姐有点儿发蒙，她想了想，没有迎出门，反而快步回屋去了。我妈只好答应一声，匆忙跑出厨房："谁啊？没狗，没狗，快进来吧。"

刚刚发生的一幕我是目击者，但来不及说刚才的事了，我激动地跟着我妈，跟到院里，跟到门口，看着来人把自行车支到院子中间，又跟回屋里。我家是不养狗的，此时我默默跟随，倒像一只小狗。

来人当然被让到堂屋的太师椅上，靠着墙坐好，听着我妈的客套话，把他的黑色人造革挎包放在桌上，鼓鼓囊囊的一堆。屋里已经开了灯，黯淡的灯光下，二姐低着头坐在小板凳上,神情犹如她坐的小板凳一样别扭。来人长舒了一口气,一副"终于找到你"的神情,高兴地看着二姐,对我们所有人说:"我来家访了!"

二姐的老师!我妈又高兴又窘迫,抹布抓在手里,开始擦桌子,擦凳子,擦炕沿,擦屋子当中的铁火炉的台面,虽然四月早不生火了,火炉还在。家里但凡有尊贵的客人来,我妈不知做什么好,就开始擦拭这些地方,似乎家里干净一点儿才对得起客人,直擦得这些陈旧的东西明亮温润,跟包了浆似的。

"你怎么不上学了?"老师轻轻地冲二姐说,我妈的唠叨他倒不大理会。

"嗯。"二姐吭了一声。

二姐从小白胖白胖,团团脸儿,鼻子秀挺,嘴巴小巧,我大姐听了相声就笑话她吃面费劲,说"面进去了,菜要卡在外面"。二姐性格沉静,不爱说话,经常被我大姐干脆利落地呼来喝去,刷锅扫地喂鸡,等大姐高兴了又被哄得忙来忙去,刷锅扫地喂鸡。

二姐既然不说话,我妈赶紧代她回答:"病了两个月,已经好了,好了。"

"唔。"老师点点头,端起大碗,不慌不忙喝了一口白水,套着黑蓝裤子的两条腿从从容容,两脚勾在一起。二姐在学校肯定话也不多,老师太了解她了,所以摆出打持久战的架势来。他压根想不到,多年以后,温柔沉静的二姐竟然做了老师!传道、授业、解惑,侃侃而谈,急了还会打人,虽然只是拿卷子拍了两下。多年以后的事情,老师当然无法预知,掐指算算,还有两个月就要高考了,他来家访的目的就是要想法子把掉队的二姐赶到教室去。二姐陷在灯影里固执得像家里的旧家具,默然不语,始终不肯给个痛快话儿。一病延宕,课程耽误得太多,哪有信心参加高考,干脆复读或者上班?前途一片迷茫,不知道怎么做才好。

我在一旁听得暗自着急,着实想推起二姐,跟着老师拼一拼,赌一把。然而我没生病,当然不理解二姐在犹豫什么。

外面的天黑透了,那碗水也喝完了,槐香细细,隐约飘来,而细细的思想工作还没有头绪,可怜的老师唠唠叨叨,比我妈还啰唆,就差拍拍翅膀,把二姐这只畏首畏尾的小鸡崽啄起来抱走了。他拍了拍桌上的黑挎包,表示里面都是二姐的作业和试卷,说:"座位还给你留着呢。"又指指二姐的书包语重心长地劝导:"书包带子上都写满了单词、公式,底子还是有的,一定能考得上!好歹考一个,考上就有工作了。"

考上考不上,其实老师也不敢打包票。他看了看我妈和我,又扫了一眼家里四壁萧然的样子,没有说更多,而是抬起右腿指指小腿肚,叹一口气:"刚才在你们家胡同口,让狗咬了一口。"

我使劲儿点头,表示这事我知道,我早知道了。我妈大吃一惊,这可怎么好。扔了抹布,急慌慌地去讨要狗毛,据说将肇事之狗的狗毛烧成灰,可抵其恶。

老师那辆自行车破败不堪,和骑它的人一样老旧,我们管那种车子叫"二八横梁"。我家也有一辆,父亲留下的,大姐骑着它早出晚归上班养家。可惜那天天色已晚,我没有办法比较一下两辆车子哪个更破一点。不过不要紧，过了几个月，那辆破自行车载着它的主人，伴着夏日的微风再次飞进我家院门，二姐的老师腰杆笔直，头发被风吹得齐齐向后，像自己考中一样喜滋滋地跑来报告喜讯："考上了，哈哈，整个班都考走了！"

　　天哪，没料到是这样一个神奇的结果，要知道，一个班的孩子都将有个不错的前程！我们高兴得都不会说话了，满屋子的人望着老师，充满了难以言喻的感激之情。我特意研究了老师的双腿，裤脚完整，显然在避狗方面已有了经验，狗咬过的伤口也应该长好了吧。老师依然没有留下来吃饭，他放下通知书，像来时那样，一阵风似的驶出巷口，车子响得异常欢快，白衬衫的扣子全解开了，衣摆飞扬，像一面胜利的旗帜。

　　老师那年三十五六岁，头发有些灰白，也许是落满了粉笔灰的缘故。他的自行车，我比过了，和我家的一样破旧。二姐后来从教，不知是否与这位老师有关，她与老师还有联系吧，这些我都没问过。

神医七爷爷

小时候，在我眼里，有些人是那样普通，却又那样神奇，比如七爷爷。

七爷爷是小城中妇孺皆知的人物，名为"老七"，显然他在家中排行第七。那时生活虽然贫穷，大部分家庭里倒常常跑着好几个活蹦乱跳的孩子，兄弟姐妹七八个，木欣欣以向荣是寻常画面。

七爷爷被小城及周边十里八乡的人们奉为神医，据说他有独门秘籍，专治婴幼儿感冒发烧、厌食呕吐，而且药到病除，所费不糜。他那种治法，据我妈说，我是亲身领教过的。

七爷爷悬壶济世，诊所设在小城中心地带，南来北往的人们求医问药十分方便。据说七爷爷的生意非常好，往往每天早上，都有脚步匆匆、神色焦灼的母亲，怀里抱了病恹恹的小娃娃挤进来。求医的人多，屋子里已经有好些人了。小孩子不时发出哭闹声，有的叫声高亢尖厉，有的则无力呻吟，有些游丝软系的情状，都在被大人极力哄骗，信誓旦旦地说不打针不吃苦药，看完还给糖块吃。

七爷爷的诊所地方狭小，人又多，但看病的人都遵守秩序，大家认同先来后到的规矩，一个看完了刚起身，另一个迅速补上，后来者效仿前人，把孩子的小胳膊一律先往小枕头上一摁——那是一个长方形把脉用的小布包，看起来像小枕头。七爷爷有静气，小孩子哭得惊天动地，他像没听见一样，慢条斯理地询问孩子近几日的饮食起居。问完了，右手几个手指往孩子的小胳膊上一搭，调息定气，凝神静思，仿佛超脱于尘世之外。小孩子显然感觉到老爷爷的手指不像打针那么可怕，渐渐不哭了，抽噎着安静下来。过了一会儿，七爷爷仙游回来，又让孩子张开嘴巴，看看舌苔，然后郑重其事又无一例外地说："没大事，吃着了。"意思是说小孩子吃饭不消化，肚子里有积食。

"哦……"看病的大人们听了立刻了然，纷纷对照几天前的生活场景，"是啊是啊"地频频点头，表示神医所言极是，然后虔诚地排队取药。

七爷爷坐诊的地方与小药房之间隔着一扇大窗户，里面窸窸窣窣的，不断有人从小窗口送出一小包一小包药来。求医的人多，这种神药好像常常供不应求。药房里有人打开某个抽屉，东抓几粒西抓几粒什么药片，咚咚咚一阵猛捣。那种捣药罐子比吃饺子捣蒜的罐子略大，石头做的，带盖，厚重敦实，配好的各种小药片都放在里面，捣碎了，混合成灰白色粉末状，倒在方方正正的小纸片上，"拿去，包好！"

卖药的和接药的都很笃定的样子。

七爷爷的医术耐人琢磨,从望闻问切的手法来看,似乎采用的是中医疗法,然而病人拿到的又不是中药,药片三四种,圆圆的小小的,色泽不同,但都是西药的样子,并且一定磨成齑粉让人难以分辨。据说中医重固本培元,西医重病灶症候,历史上中西医并不和睦,孰好孰坏争论不休,难道七爷爷把中西医调和了吗?

看病的人们不去追究这些,治病要紧,付几个小钱,千恩万谢把药拿回家,强行灌到小孩子的嘴里去。大人都是骗人的,七爷爷的独门良药格外苦口,杀死不愿意咽下去。我妈对付我很有经验,先找个小板凳坐下来,两腿夹住我的小身体,让我上半身仰起与地面呈四十五度角,继而左臂圈定我的脖子,我就无法挣扎乱扭。她老人家右手把盛了药的小勺子别在我嘴里,压牢舌头,在我悲痛尖叫的一呼一吸之间,药水顺着舌头两侧慢慢流进喉咙里去。这种灌药手法难度极大,特别注意不能误入气管。药水是灌进去了,泪水也从眼角流出,黄河决口似的,一泻千里,直流到耳朵、脖子里去。等药吃完了,再喂一口绵白糖,杀猪结束,我噙着泪水开始吃糖。

一般来说,七爷爷的药吃一包就有效果,三包真的管好,怪不得天天门庭若市。不过我想,吃神医七爷爷良药的小伙伴们,一定非此姿势不能下药:小板凳儿,四条腿儿,我被妈妈灌药水儿……

除了神药,听说七爷爷还会给人的关节复位。比如他老人家端着我脱臼的大腿像修理坏掉的玩具,左扭两下,右扭

两下,大约是在摸索我关节的位置吧,那种剧痛生不如死。总算在我哭死之前,人家摸准了,往前一顶,剧痛霎时消失,一切完好如初。我动了动腿,觉得真是不可思议。

近年有一种常见病症叫腰椎间盘突出,神医七爷爷如果没有老迈,在病人腰眼上揉一揉,捏一捏,随便推几巴掌,咔嚓合上了那该多好,比经营小诊所利润丰厚。可惜,只听过他老人家安装胳膊和腿的故事,治腰的功夫据说没有。就算安个胳膊装个腿也只是七爷爷的副业,小孩子饮食不调生个小病的事情常有,没事儿像我一样掉胳膊掉腿的毕竟不多,靠这个吃饭是要饿死人的。

七爷爷上门出诊有点儿讲究,一般先坐下喝两口,主家炒个热菜,有肉当然好,没肉,土豆白菜豆腐都能下酒。喝完了,摩拳擦掌,开始看病。可惜来我家好像就没有吃喝,那个时候,很有可能大地里白菜没有丰收。

其实说到底,七爷爷治病救人算不得神奇玄妙,无他,唯尽心耳。并且,这个尽心的缘由被人们传得沸沸扬扬。白菜地边的女人们神神秘秘地聚在一起,大珠小珠,嘈嘈切切,讨论了很多天也没有得出一个结论。只是传说七爷爷的老父亲有一天忽然昏睡不醒,没有了呼吸,家人以为老先生驾鹤西去了,于是隆土下葬。过了不久,不知什么原因需要移坟,棺材挖开,大妈们说,哎呀呀,吓死人了——棺材里面的老先生并不是下葬前的样子,衣服被抓成一片片流苏,胸前的抓痕惨不忍睹。亲人们立时惊呆了,愧疚不已又疑虑重重,更加悲恸地号哭了一番。

不用说,被埋在地下的老先生后来一定是苏醒过来了。

天空渺远，明月空悬，夜风无遮无拦地在旷野上奔跑，老先生却与明月清风隔着厚厚的黄土，他挣扎着把自己抓得伤痕累累，却再也没能回到人间。

话说回来，休克与死亡是有区别的，年轻的老七医术不精，断送了自家老爷子的性命。从此以后，七爷爷行医格外尽心，神医之名不胫而走，无数的小孩子尖叫着被灌过苦药之后迅速健康活泼起来。

岁月更迭，时光流转，小枕头上依旧不断出现新鲜的小胳膊，把脉的医生却变成了七爷爷的儿子。七爷爷已经老得走不动了，哆哆嗦嗦、迷迷糊糊的。如果说民国时期的大师们越来越少，不可复制，那么，七爷爷——在我童年里神仙一样药到病除、不取暴利的人，与高风长存的大师们虽不能比，但也不可复制吧。

寻找回家路

这是一条幽长而狭窄的巷子，两边都是房子，门洞黑魆魆的，有的虚掩，有的洞开。走在胡同里，忽然间这世上一个人都没有了，只有房子挨着房子，房子里没有灯光。我简直无路可走。

我在寻找回家的路，前方既然没有熟悉的景物，那就只得退回去，转过身。奇怪的是身后也变成房屋，重重叠叠。我站在中间一时糊涂得不得了，搞不清楚自己从哪里来，四围的黑暗排山倒海。亲爱的小孩，不由得惊慌起来，就算找不到同类，自己家那些鸡呢？被大姐拍死了一只，其余的总还在院子里啄东啄西，鸡好像总也吃不饱；还有狗呢，巷子里有一对凶恶的狗夫妻，平时总跑出来咬人，这个时候居然也不见了踪影；再不然，哪怕有半个鬼也成，也好吓我一吓，让我不觉得孤单。否则，倒显得我是鬼一样。

我大概知道喊也没有用，而且周围既然没有人声、狗声，我一喊，怕就先吓死了自己。我得想办法找到一盏灯，有灯，好像我就可以回去了。而灯，当然是在那些屋子里、院子里，我看看每扇门，想进却又不敢进，谁知道推开门里面会是什么！踟蹰复踟蹰，终于忍不住要哭了，黑暗也终于忍不住了，哗一下，亮起一盏灯。神说，要有光，就有了光，难道神降临了？

有时候的情形略有不同，我决定冒死闯闯，随便推开一扇门，屋里除了家具和门窗，照例没有人。而且进了屋，倒好像脑袋里有人指挥似的，径直上去掀开人家的窗户，还是向上开的那种。窗子不大，幸好我身材瘦小，我爬出去，然后，掉到一口大缸里。大缸是没底的，继续爬行，爬过弯弯曲曲的秘道，苦苦寻找出口。有时从门，有时从坑洞，还有几次竟然从厕所里爬了出来，灰头土脸。但一旦从出口爬出来，眼前的景致立刻与先前大相径庭，或者水田漠漠，鸡犬相闻；或者高楼林立，屋舍俨然；有时则是熙熙攘攘的菜市场，充满了人间烟火气。哎哟，总算重回人世，我就放心地醒来了。

这些梦常常漏夜来访，年纪老大如现在，还是冷不丁梦一回，每次都傻乎乎的，好像真的找不到出路似的，梦里不知身是客，一夜慌张。梦多了就不甘心，活了几十年，总不能老这么被梦吓唬，于是去问周公，也看弗洛伊德，可他们对梦的解析都不怎么让我信服。也许我前生是个抗日英雄，参加过地道战，那些记忆在秘境里复活，也许是战争题材的电影看多了……最科学的解释则是：童年经历在大脑中的映射。

我上学了，从白菜地边的新家昂首出发，两条小腿快乐地迈出去一千五百步，就来到学校大门口，放学再迈回来，熟悉的风景一路看过来，没有什么能让我流连忘返。当然了，很多小摊上的东西其实新奇万分，比如糖葫芦，比如江米球。但因为我没有钱，不能在某个摊子前很豪华地举出一两枚来满足一下自己，所以只好咽着口水飘然路过。身后有个孩子举着一串糖葫芦，红红的山楂果裹着晶亮的冰糖。

终于有一天，上学路上的风景与往日大不相同，原因是小学校对面的城隍庙在办庙会，人们不知从哪里涌来，那么多人围着戏台做各种买卖。从我家通往学校的路口是个牲口市场，人和牲口混杂在一起，骡子（我以为是马）、毛驴不怎么吭声，最吵的是猪，好像有人正在杀它们一样哼哼唧唧，吵成一片。市场上，买卖双方不大说话，他们的交易用手指完成，在袖筒里或者一片衣摆下，伸出几个手指热烈交谈：

驴十五？

不！

十八。

……

袖筒里的谈判还在继续，我不知道他们最终以什么样的价格成交，也没兴趣知道。我绕过密密匝匝的人群和一头头牲口去上课。戏台上铿铿锵锵唱起大戏来，我们仿佛和戏台对着干似的，读书声比平时大得多。

下午放学后，我向例打算照直回家，不敢去逛庙会，老师说集市上容易走失小孩子。譬如甄英莲，就在东风夜放花千树的上元夜丢失，我们穷人家的孩子，不用丢得那么流光溢彩，在庙会上丢丢就可以了——虽然我并没打算走丢。

　　庙会实在太热闹了，离开校门口没多远，两小簇流口水的孩子和两个甜蜜的小摊子粘住了我的目光：吹糖人的摊贩一边吹一边捏，一会儿变出一只猴子来，又吹出一只糖公鸡，那种糖稀薄脆透明，发着亮光，我觉得一股甜味在嘴里荡漾开来；卖棉花糖的摊主则像在制造云彩，棉花糖在风筒子里一边转动一边增大，有个小朋友举着钱买了一大团，乐滋滋地伸出舌头一舔，白云即刻缺了一大块。我站在外围左看看，右看看，想象着两个小摊上的食物哪个更甜。就算吃的都是糖吧，这么一种神奇新鲜的吃法真让人艳羡。看了不知多久，天居然黑下来了，这才慌慌张张踏上回家的路。

　　家在小巷子里，小巷子斜插在长长的小街上，我们才搬过来几天，对自家居住的小巷没有完全认清楚。小街上左一条右一条，小巷子都长得差不多。我在每一个巷口张望半天，远远望去，仿佛每一条巷子尽头都是白菜地，我拿不定主意我的家到底安静地待在哪一条巷子里。天空变得更黑了，有星星探头探脑闪闪烁烁，星空下的各条巷子被黑暗洇透了，黑洞洞的，越发不明所以。我开始心慌了，随便挑了一条一头扎进去，跑了半截发现两边的院门十分陌生，连忙退出来再换一条。跑了几个来回，我开始意识到瞎跑不能解决问题，应该冷静下来好好想想，自家的小巷子有什么特征？好了，隐约记起巷口杵着一根水泥电线杆子。可是，放眼望去，电线杆子也有好几根，在那些巷口，每一根都孤零零地伸向夜空。这下没什么思路了，我像受惊的兔子一样竖起耳朵，仔细聆听四周有什么动静。我已经陷入了绝境，多么希望我妈能够神仙一样从天而降，一边张望一边呼唤我的名字，但是没有。我妈好像不要我了。四周静得像在做梦，我靠着一根电线杆子放声大哭起来。

那个时候，我们那条小街一到夜晚就变得冷冷清清，等半天都没有一个人经过，不像现在，星星还没出来，灯火已经迫不及待地闪亮登场，整条街热闹得人仰马翻，想要孤独地迷路，根本是不可能的事。

哭了一会儿，也没人理我。还好现实与梦境终究是不同的，家家户户透出灯光，正是晚饭时分，夜幕下虽看不清炊烟，家家飘出的烟火味道却表明我身在人间。我决定向人求助，鼓起勇气折进一条小巷，蹑手蹑脚地走着，我担心某个大门里猛然蹿出一条狗来，黑地里也不打招呼，吭哧咬我一口，以显示它是忠诚尽责的看门卫士。要知道，每条巷子里都有狗，有的巷子里甚至有好几条狗。

黑暗中的小巷显得没有尽头，我一边走一边胡思乱想，从狗就想到了狼。虽然白菜地边从来没听说过有狼出没，不过万一有一条忽然比较呆傻忘了回家的路呢？比如像我这样的。这么一想，浑身发紧，脚步越来越轻。听说狼长得跟狗差不多，我妈说狼怕火，或许狗也怕红色吧。我穿着姐姐们穿小了的小红裤，感觉胆气壮了一些，在一户人家门前停下脚步，试探着走进院子，果然没有恶犬扑出来，终于看到希望了，我掀开人家的门帘，径直走进亮着灯光的厨房。

厨房里有个年轻女人正在切菜，抬头看见我惊讶地叫了起来，倒不是我突然从黑暗里冒出来吓了她一跳，而是因为我们原本认识。这位新嫁娘的娘家也在白菜地边，就在我家后面一排。

　　我被新娘子送回了熟悉的家——我好像离开它已有一个世纪之久，我终于回来了，让我们相互珍惜吧。我认真地看了看屋子四周，四壁依旧萧然，家具依然破旧，心里顿时安静下来，有一种失而复得的欣喜。

　　我回家了，装模作样地像压根没哭过，没有人知道我曾经怎样地惊慌过，我妈狐疑了一会儿也就不再理我。二姐在写作业，大姐在圈鸡——把鸡往笼子里赶。鸡们大多很听话，也有几只耽溺在笼子外，兜兜转转。夜色朦胧，一只鸡待在外面有什么好玩的？菜地广大，迷了路找不回笼子，那滋味可就不好受了。

大　姐

大姐让我回家拿馒头，还没进屋，先听到里面哗哗的笑声。不用猜我也知道什么情形，大姐坐在长沙发的最里面，我妈则从从容容占据沙发最外端，靠近一笼铁炉火。今年春天，东风忽热又偏寒，炉火就不能灭，蔫蔫地保持一点温度，这是屋子里最舒服的位置。

沙发前，隔着茶几，塑料小圆凳、小方椅以及单人布艺沙发围成一圈儿，上面坐的都是我家的房客。有个娶了贵州媳妇的大汉，个子高大，估计来晚了，没地儿坐，杵在沙发旁边，咧着大嘴还在傻笑——他老是笑得比别人慢半拍。所有人都是冲着大姐来的，只要大姐哐当哐当地推车进门，房客们就像听到戏院的开场铃声一样，呼啦啦跟在她身后，挤进我家小小的正屋。

房客们总能在我家找到乐子。起先，他们跟随大姑，大姑一天天老了，不常来了。人老，话题也不见新，车轱辘话循环往复，粉丝们听得厌倦了，转而追随大姐。房客中有收废品的环保人士，有服装批发商，有打工族，有生意人，有陪读家长，以前还有个退伍军人及其一家子。旧的离去新的转来，岁月更迭，白菜地没了，我妈老了，大姐也老了。

　　大姐年轻时候的容颜，大姐夫日记里有详细记载。那本日记是我无意中发现的，没有签名，翻开一页，触目就见一行字："凤姐喊了声'小月'，门帘一掀，走出来一位苗条漂亮的姑娘……"显然这是大姐夫的日记，吓得我慌忙放回原处，故而也不知道他们恋爱当中诸多美好的事情，这本日记后来不知哪里去了。

　　日记中所说的凤姐是我家早期房客之一，只记得她有一双狭长的细眼睛，靠什么生存？不得而知。某次凤姐住院，认识了正服兵役的廖士兵，病友相怜，凤姐就想为人家解决终身大事，于是，我大姐适时地从她脑海中冉冉升起，天生一对金童玉女！凤姐觉得自己应当玉成好事，于是积极撮合，廖士兵果真就成了我的大姐夫。不过，据我妈猜测，大姐夫是因为怕苦怕累装病住院的，凤姐也难逃嫌疑——凤姐搬走后，有人寻上门来找她要钱，凤姐大约骗了人家的钱财卷款逃跑了，从此杳如黄鹤，这件事给大姐的恋爱蒙上了一层阴影。

　　廖士兵初次登门那天，众邻居鱼贯而入，鱼贯而出，川流不息，都是来看廖士兵的。小月姑娘的终身大事好像是白菜地边所有人的头等大事，看完了，啧啧有声。他们也不怕看杀卫玠。等我放学，围观的邻居们已经参观完毕回家做饭去了。屋里窗明几净，英武挺拔的廖士兵坐在小板凳上正和我妈说话。阳光照着他的军装，闪耀着英雄一般的光环。虽然他只是个普通士兵，可是在我看来，解放军是最可敬重的人，有个军人做姐夫，那将是何等骄傲的事情，况且他还长得那么英俊！我妈显然不为所动，坐在堂屋，听其言，观其行，脸色越来越冷，直到像夜幕一般阴沉。廖士兵太年轻了，不知形势之严峻，一边说话，一边身子微微后仰，脸就朝向了房顶，显得有些傲慢。要人家的姑娘还不懂得谦恭，长得好就厥功甚伟吗？嫁一个什么样的人，决定女人一生的幸福，廖士兵一无工作二无户口，还没有什么手艺，大姐一旦嫁过去，柴米油盐，将如之何？性格一向温和的老妈，在这件事情上态度之强硬乃我平生所仅见。经她老人家一分析，一众亲朋好友也冷静下来，他们好像已经忘掉廖士兵的沈腰潘鬓了，群起而反对，我大姑尤甚，掰着指头细数成家之后的种种艰辛，还说："娶妻是娶花，嫁夫是嫁树啊，兹事体大……"

《诗经》曰："窈窕淑女，君子好逑。"小月姑娘与廖士兵两情相悦，任谁也拦不住。廖士兵从此常常出现在白菜地边，有时候喊一声"小月"，有时候不用喊，小白杨似的往那儿一站，我们就看到了，于是大姐像头倔强的小牛一样，头也不回地去自由恋爱了。

有天下午，家里只剩下我和我妈，我妈忽然停下手里的活儿，抹起了眼泪，像对我说又像自言自语："长得帅有什么用！那天吃饭吃了那么久，人都没站起来一下，显然不是一个勤快人。你大姐啊，一辈子的辛苦逃不掉了。"

我听了不敢说话。

大姐才不管这些，脚步日渐轻盈，一边干活一边唱歌，放如流水，收如裂帛。恋爱的日子，世界天天都是新的。

说到唱歌，我女儿还在学前班时，因为模样周正，有次被老师选中，要求她上台独唱《我家有头小毛驴》。女儿兴致勃勃地先唱给她大姨听，大姐正在洗锅，听到小驴儿叫，笑得锅铲都拿不动了。身为孩子的大姨、我的大姐，应该指导孩子如何调息运气才对，怎么可以如此简单粗暴地加以嘲笑？害得女儿立即噤声了，从此没有走上歌唱道路。

恋爱当中的大姐高兴，我也高兴，因为她沉浸在幸福中，不再骂我了。据说小时候她常在吃饭的时训得我食不甘味，眼泪汪汪，可我一点儿也不记得了，我记得的都是奇怪的事情。

比如有一天晚上，月明星稀，廖士兵把大姐送回来之后，久久不肯归去，绕树三匝，无枝可依。我妈一时心软，允许他睡在偏房，没一会儿，便听到偏房里传来咯吱咯吱的声响，清晰可闻。夜深人静，难道有老鼠在咬箱子、啃门扇吗？廖士兵毕竟是客人，这样的欢迎仪式不大合适吧。二姐睡得沉，大姐怂恿我和她一起去看看发生了什么事情。院子里夜风如水，月色离离，千家万户都在安睡中。月亮从窗户照进去，我们也从窗户望进去，只见月光下的廖士兵一梦沉酣，雪白整齐的牙齿来回挫动，可能像他操练一样，正在刻苦用功，声从此出——他在磨牙！比老鼠厉害多了。我长那么大第一次见到如此奇怪的景象，刚想笑，被大姐一把拉走了。后来廖士兵成为大姐夫后告诉我，除了磨牙这个嗜好，他练习射击时还学不会瞄准。要么双眼一起睁开,铜铃一样显得仇恨万端;要么一起闭上,眼前一下子就黑了,所以常被班长骂得狗血喷头。难道因为这个才装病住院,误打误撞成就一桩美好姻缘吗?

倔强的大姐终究要成亲了,天气晴好,喜乐高奏,无论如何,反对的亲友到底还是送来了祝福。奇怪的是明媚的院子里陡然刮起一团小旋风,我妈认为那股旋风是我父亲回来参加女儿婚礼了。不开心的老妈情绪低落,咬牙切齿地把大女儿嫁了出去。

许多年过去了,大姐坐在沙发上,苗条美丽的小月姑娘早被杀猪刀砍削成了性格坚强的胖大婶,我妈的预见不幸成为现实。然而,所失即所得,大姐后来的生活和工作岂是娇羞柔弱的小月能够承担得了的!大姐婚后在单位身兼多职,出纳、保管兼业务员。她们单位的一把手是个老头儿,大约有曹操的头风病,每天要吃八颗去疼片。当初本想说服大姐做他的儿媳妇,可惜被廖士兵横刀夺爱,好在老头儿心胸如海,依旧偏爱小月姑娘,活儿干得多,工资给得高,有时还伙同会计三个人悄悄赚一点儿外快。据说,作为老头儿的爱将,大姐要账的功夫十分了得。有个极其狡猾的客户拒不付款,想不了了之。大姐翻翻账本,找出那人亲笔写的欠条。不认账?大姐把欠条摆在他眼皮子底下,指着他的签名:"那这是谁踹的两蹄子?"

大姐那时尚年轻,柳眉倒竖、银牙紧咬的样子使人几无抵抗之力。此刻沙发上那个堆成一团的胖大婶是大姐吗?我有些恍惚地坐在我妈和大姐中间,看着大姐伸出她的手掌,划拉着掌上粗糙的纹路:"算卦的人说手掌厚实有福气,不知道这猪蹄子一样的东西有什么福气啊。"

众房客笑将起来,纷纷端详起自己的双手。

我妈悄悄嘟囔一句:"怨谁?"她老人家今年七十四岁了,对大姐一家无限疼惜。

大姐没听到,或者装作没听到,正在回忆自己从十六岁开始的艰苦生涯。那年父亲猝然离世,弃学养家是大姐唯一的选择。人小力弱,又没什么文化,还好干活利落,先在饭店洗碗端盘子,穿梭往来如行云流水,十分招人喜欢。主厨成师傅是个善良的老头儿,每天一大早朝阳一般准时出现在我家门口,冲着紧闭的房门声音宏亮地喊一声:"小月,上班了。"小月一骨碌爬起来,早饭也不吃,一老一少总是最先赶到单位。成师傅一头扎进厨房,先做两大碗油花花的汆汤,公家的猪肉丸子、油炸豆腐、油炸面片以及大块的海带在汤里沉沉浮浮,两只早起的鸟儿偷偷蹲在厨房里喝得肚子溜圆。等职工们到岗,一切已经收拾干净了,大姐和成师傅满面红光,像什么也没发生过。

吃得好,身体变得越来越结实,大姐说:"金腿银胳膊,能挣能掇唆(本地方言,指乱花钱,存不住)。"她抬起自己的胖胳膊看了又看。

我妈已经沉默半天了,抓住机会,赶紧插了一句话:"能挣能花,能吃能睡,那还不是好福气?"

啊,那是!大姐得意起来,对自己一倒就着的睡眠功夫十分满意,转头又冲我说:"昨晚梦到你大姐夫了。"

大姐夫过世七年,住在脸盆大的一块儿墓地里,那里山青草绿，音乐汤汤从早到晚在整个公墓里流淌，天堂大约就是这个样子吧？生有所居，死有所安，大姐夫还有什么不满足的？大半夜装神弄鬼，跑到大姐枕边呼噜呼噜呼噜打得山响，托梦说他见了阎王却没进阎王殿，在殿外做了个烧火的小孩子。我很气愤，扭头询问我妈："您的偶像常半仙不是说我大姐夫入住某座庙宇做了廖先生了吗？不是当官了吗？怎么沦落到给阎王烧锅炉的境地了呢？"

屋里的房客们哄笑起来。大姐也哈哈大笑，人间别久不成悲，分明是自己的故事，听着竟像是别人的故事了。

我妈神情镇定，拒不回答。她老人家的偶像是个神汉子，可能泄露天机过多，在四十岁那年先是折了腿，不久就去世了。但我妈笃定此人升天成神，每逢遇到难事，就跑到人家门上，烧香求问，居然也有几回小病不治而愈。廖先生的说法就是她求来的，据说廖先生现在去哪里都不用买票，一阵风即行千里。但是，就算贵为鬼吏吧，毕竟阴阳两隔，再来吓人是不对的。

大姐不生气，唯有生前相爱的人，死后才会入梦。不过她不肯当众承认，拍拍自己厚实的身板，说："我不怕，我一生气脸就红红的，吓得小鬼儿一闪就不见了。邪祟这种东西不能怕，你弱它强，你强它弱，走路走正中，抬头挺胸，不要鬼鬼祟祟东张西望！"

房客们点头称是，从梦一路讲到了鬼故事上去。我妈大概耐不住了，把一个馒头掰成两半，硬塞到大姐和我手里，大声打断大家："小月蒸的馒头真好，比卖的好吃多了。"她老人家的思维向来变幻莫测不易捉摸，经她这么一打岔，房客们转而开始讨论食物，大姐得意地说："我的烙饼也做得香，现和现做，多放葱花……"

我妈不同意，打断她："烙饼用发面做才好吃……"

捡　钱

当我还不懂大隐隐于市的时候,我和我小小的江湖就安然地处于城市喧嚣的边缘,我的家在白菜地边,曾经广阔的菜地就是我任意放眼的无限江湖。春天,白菜翠绿得像一片海一样,我徜徉其中,很有些五湖春的味道。

起初,我的江湖比较简单,我坐在地边,周围跟随着我的小弟——鸡们。江湖平静无大事,我想我的心事,或者发我的呆;小弟们抬头望望天空,低头啄啄食物,没有哪一只敢脖子上夆起鸡毛跟我抢位置,可见我的地位很稳固。我管着小弟们不能跑远,万一跑到白菜地里被人抢走,一刀剁了吃肉我可是罩不住的!为了限制鸡们乱跑,我妈考虑垒道围墙,但不久,前面盖起一座院落,于是,无须商量,彼之华屋就成了我家高高的围墙。后来房子和院落越盖越多,东一脚西一脚前前后后后落地生根,白菜地被侵占,小孩子也多起来。人一多,江湖就起风波。一片地总要有个头儿,成人叫作"地头蛇",还未成人那就是"孩子王"。

巷子里有个女娃,比我大三四岁,人称"小猴",手脚细长,头发黄而稀疏,在家排行老六,是巷子里年龄最大的孩子。不知从哪天起,巷子里的孩子们一股脑儿地向她献媚,有张好看的小纸片了,有颗漂亮的玻璃珠了,好像得她手泽,有多骄傲似的。小猴统统拿在手里摩挲评判一番,自己玩够了,再一二三四五点着人头分发给大家,排在前面的就很高兴。

我站在外围失落得很,这片地界我来得早,他们应该是我的臣民才对,但他们显然不这么认为,我猜这和小猴家妖冶的老妈有关。当然了,小猴衣服齐整,同样是姐姐们的旧衣服,她的红是红白是白,我的呢,两个膝盖上的补丁鲜明而浑圆,颜色还不一样,一圈一圈针脚像白杨树的年轮,可能一定要补成这样才结实吧。此外,屁股上还有一个大年轮。想想看,当我威风凛凛地指挥小伙伴们东奔西跑时,占据他们视线的首先是那几块硕大的补丁……我们又没有发展的眼光,不知道几十年后,带补丁的衣服居然会成为一种时尚。

某天,有个小孩子不知打哪里捡了一枚五分钱,兴冲冲地跑来交给小猴。硬币的纹路里嵌了不少污垢,但放在小猴手心里的确确实实是一枚真钱。这枚脏兮兮的小钱在我们眼里就是一笔小财富,小猴也不经过民主评议,擅自决定去买江米球。江米球比乒乓球要大一圈儿,每颗江米很大很虚,可能像爆米花一样是被爆大的吧,用糖精粘在一起。小猴用那枚钱买了十个江米球,她吃得最多,剩下的分给小伙伴们。我觉得这事有失公平，钱又不是她的，至少捡钱的人有权支配。

我不住地流口水，但我把嘴巴闭得紧紧的，大姑的血性在我身上发生了作用，我决定不吃。这下小猴不乐意了，嘴一撇，甩起小黄辫儿，领着大家呼啸而去，我就这样被孤立了。我只好怏怏不乐地往家走，一路踢踢踏踏，垂头丧气。活那么大，第一次深刻体会到钱的好处，幻想有一天发财了，出手阔绰，随便一掏就是好玩意儿："给，玩去吧。"那种气场哦，该有多强大。可是，这个想法太难实现了，目睹我家之现状，无异于天方夜谭。

快到家门口，远远望见从我家踱出几只鸡来，散散淡淡，啄啄停停，一副宠辱不惊的样子，无论我在与不在，它们都这样无悲无喜。这群不讲义气的鸡，老大被冷落，它们都不懂得争个场子，简直是忘恩负义。我见过公鸡斗架，鸡毛乱氽，全身紧绷，两只强壮的脚爪牢牢抓紧地面，屁股撅得高高的，冷不丁飞起来又啄又抓。想必小猴不是公鸡的对手，我似乎看到哭哇哇落荒而逃的小黄毛，感觉畅快起来，顺脚踢起一粒小石子，一张碎纸片儿被顺带着想飞又没飞起来，花花绿绿地在眼前一闪，像钱，像毛票！我不由得捡起来看了看，小脑瓜里有谁轻轻一拍，突然灵光乍现：那五分硬币可能就是这样被发现的！那就是说，他们能捡到钱，我也可以！哎哟，被这个念头激荡着，热血沸腾的我决定自己也去捡点儿钱来，有钱了，那些江米球就可以一个一个地买来，一个一个地分发给小伙伴们。

我已经走到家门口了，但为了捡钱抱定一颗雄心，一股悲壮感油然而生，我像一个勇士，毅然决然地掉转身向巷口走去。小伙伴们远远地在巷子那头跑来跑去，就让他们等着吧，我将身负使命，光荣归来。

巷子里住着七八户人家，都不富裕，怕是将每一枚小硬币都穿在肋骨上，捡钱的概率实在太小。巷子外就不同了，好歹算一条小街，来来往往的人多，我打算去巷子外碰碰运气。

我蹲在巷口的大石头旁边，平时这块石头上老坐着谁家的老奶奶，但此刻空着。地上干干净净，除了几只蚂蚁偶尔路过，什么都没有。我如老僧入定一般，等着钱从别人的口袋里掉下来。小街上人来人往，他们的口袋鼓鼓的或者扁扁的，但都结结实实，好像不会有什么东西溜出来满足我的愿望。那些从眼前闪过的自行车车轮闪闪，钢圈像极了硬币的颜色，车后座上坐着两腿叉开的小孩子，前面横梁上坐着更小的孩子。等了一会儿，马路上居然达达地走过来一驾马车，拉车的大马深棕色，尾巴下面吊着一个大布袋，赶车的男人身穿黑褂子，车上坐着两个女人，嘻嘻哈哈地说笑着。那布袋里有钱吗？不太像，那么大，那么深，得多少钱才能装满啊。后来坐小舅舅的驴车我才搞清楚，那个布袋不是用来装钱的，也不是装他们的零碎物品如旱烟袋之类，装什么，大家都知道。有的毛驴进城不但吊布袋，还要蒙眼睛，据说在山里清风明月安静惯了，城市里的繁华陡然出现在眼前，驴不胜惊吓，会乱跑的。不但毛驴，有的人也是如此。我有个朋友家在深山，听说小时候进城就是这样蒙着眼睛，岂料他这几年发迹了，在城里安定下来，挣钱跟捡钱似的，再也不肯上山做小毛驴。

我在小街上左看右看，像等了一百年似的，几乎忘了自己是来干什么的。看来死蹲着不成，钱又不会自己跑过来！那时不知道青蚨的典故，据说持一枚母钱，子钱们就会从四面八方飞来追随。我站起来，但不想回去，仿佛今天我跟钱有个约定，它会在某个角落等我，不见不散。我开始顺着小街往西走。佛说，西方有极乐世界，而我知道，西面通向大姑家，通向相对繁华的大街，也许有人会失落一枚硬币。"低头纵是无身价，放眼何妨有玉钱。"然而西面的天渐渐黑了，出来的时候已是下午，蹲了好久，太阳都下山了，小伙伴们应该都回家了，天黑后，老有猫头鹰在菜地里不怀好意地狞笑，瘆得人毛发直竖。我有些害怕，掉头向家的方向走去。

小街很窄，中间一条马路，来的时候路上明明什么都没有，但天一黑，情形居然不一样了，马路边静静地躺着一张小纸片，哎呦哟，谁送来的呀，绿色的两角小毛票！

春天的计划

不记得从什么时候起,白菜地被一块块宅基地侵蚀殆尽,一排排房子建起来,鸡鸣狗叫,黄发垂髫,一副热闹的烟火人世气象。唯有我闷闷不乐,尽管白菜地不属于我,但那广阔感仿佛是我独享的啊,没有我领着鸡们倘佯往复,荒田漠漠,大家都很失落吧。

但很快,我就忘却失去菜地的烦恼了。人家多了,小孩也多了,成群结队,跑过来跑过去。人多,各种传说也多起来,所有的传说,在小孩看来都是可以期待的事物。

巷子尽头是一堵高高的土墙,整面墙建在一截土堆上,关于这堵高墙有一个神秘的传闻。据说高墙那边是一个我们不知道的地方,本来这与我们无关,但从墙上的洞里会流出玻璃小珠子,这就让孩子们痴迷不已。清贫单调的生活里,谁能忽然拥有一把彩色的珠子,哎呀,那将是多么地令人艳羡。于是，一群小伙伴常常聚在这面土墙下，仰着头，耐心地等待着，等彩色的珠子流出来。

对传说的好奇，不止孩子有，大人也有。有一年，传说东街有一棵老树，天长日久，忽然长出了一种红豆子，有人摇头晃脑地说："食之，可治病。"于是树下就聚起一堆闲人，非是偷闲，事实上他们在等着树上掉红豆子。

等到春天的时候，我们果真看到墙里流出彩色的塑料小圆珠，孩子们大呼小叫，惊奇万分，各自捡了几颗。据说红豆子人们也捡到了，高高兴兴拿回家去治病。春天来了，万物生发，春天真是个神奇的季节，可以催生，也可以接纳，珠子和豆子的神话实现，促使我妈不禁也生出了新的希望和想法。春天种下点儿什么，秋天就能够长出很多的东西，不是吗？看看我们空旷的院子里，整天只有风像个无所事事的闲汉逛来逛去，我妈决定在院子里种些玉米和榆树。玉米供自己吃，榆树嘛，总有一天会长大成材，打一套漂亮的家具，看看赶得上哪个女儿出嫁。我妈只有小学文化，但这个自食其力的计划多么具有前瞻性。

说干就干。正屋三间大瓦房，西边留着一片空地，堆着乱七八糟的东西——因为没钱，一直没有加盖成房子。现在春风浩荡，荒地忽然变为了宝地。我妈借了把锄头，开始松土。地很肥软，大约很久以前全是菜地吧，养护得很好，稍微刨两下，就可以播种了。我蹲在地里，学着我妈的样子往小坑里放种子。种子长得真好看，金黄耀眼，一粒，两粒，郑重地放进去……这样就可以长出甜玉米吗？一边干，一边遐想。

据说玉米种植要求"株距二十到四十厘米，分品种，行距六十五厘米，附土五到十厘米"。我妈她老人家虽然出身农民，但这么多年不事稼穑，大约不够讲究章法，全凭印象种了下去。好了，自己的土自己的地，一小块儿试验田嘛，什么时候生根发芽呢？我找到了比等珠子更神圣更有趣的事情，开始天天搬个小板凳坐在小小的地边，盼望绿芽冒出来，热忱之心远比守在南墙下等待玻璃珠子流出来深切多了。小伙伴们来喊了多次，我绝不动心。那种玻璃珠子已经没什么稀奇，有一股不好的味道，听人们说是墙那边工厂的废弃物品。至于老树底下掉落的红豆子，还没有人说明缘由，但也没有传来治愈某种疾病的佳话。总之，我家地里的小玉米才与我息息相关。它在地里，在静谧之中以我不知道的方式生长着，或许像我睡觉做梦一样吧，我等待它破土而出的一刻。那时鸡也不多了，杀着吃了，剩下的几只得看管好，不能让它们闯到地里去啄东西，以免种子被刨出来，被鸡们吃到肚子里去。

过了一段日子，某天早上跑过去，真的看到有小芽破土而出！世间万物，屈指算来，土地是最重情重义的吧，投以木桃，报以琼瑶。幼芽娇嫩，我看管得更紧，严禁鸡们涉足。唯一的那只公鸡看上去很不甘心，在我周围左三圈右三圈地转圈子，它知道没有商量的余地，趁我不备，跑进去啄了几下，被我拿着笤帚赶跑了。

日子一天天过去，玉米开始拔节，抽丝，出花粉，顶出了玉米棒子。青绿绿的植株，别说鸡，我也想上去咬一口。后来那点儿宝贵的玉米，被我们掰下来吃过嫩玉米，至于长

成后有没有加工成玉米面，我就不记得了。倒是最后的玉米秆，我真的嚼着吃过，吃法如同嚼甘蔗，味道约略相似，现在仍记得那清甜的口感。秆子干了，也不能浪费，没有牲口可喂，那就积攒起来过年的时候烧旺火，我们这里，过年有烧旺火的习俗。那一年，一大抱玉米秆在大年初一早上，很阔绰地让我妈烧了个红红火火，一家人盼望过上好日子的心愿全在升腾的火焰里了。

相对而言，种榆树比较简单，种了五六排，从房前直延伸到南墙根一带。听说榆树长大后会结榆钱儿，**重重叠叠**，密密匝匝，满树都是。一把捋到嘴里——此身就算无所有，但能吃段绿春光，想想就很开心。当然也有别的吃法，比如凉拌，想搁糖搁糖，想放盐放盐，入口脆甜。

杨花榆荚无才思，但有清新已足矣，春天里的东西哪有俗气的。

可是到了秋天，金风玉露一相逢，榆树就变得可恶起来，开始铺天盖地吊虫子。榆树上的毛毛虫是个色彩学家，一身衣裳黄黑相间，色彩鲜明，好像整个晚上都在集结，太阳一出来就走秀，喜气洋洋地吊下来又爬上去，不知疲倦。吊到高兴处，见我们阻拦不住，干脆得寸进尺，不断侵入我们的领地，爬房顶，进屋子，上锅台……有时候居然贼溜溜地爬到人身上，七爪八足抓得很牢，于是，院子里常常响起凄厉的呼喊："啊，毛毛虫！"

消灭虫子一般是我妈的事情，挥着扫帚一通乱舞，扫到地上踩死，有时候我也加入其中。榆树多汁，榆钱清甜，养得毛毛虫肉乎乎的，踩起来无比柔软，但也瘆人。

在我们与虫子不懈斗争的时候，鸡们也奋勇出击，可惜鸡太少，那些虫子食之不尽，吃到脑满肠肥，仍然吃不了，所以关于榆树是否有必要继续存活下去，以及活下去以后是否能够成材，我们表示怀疑，并且意见很大，那么多虫子，还不把树吃空了？一致认为砍了算了。但我妈一边把毛毛虫从炒菜锅边拿开，一边咬紧牙关不松口，不同意砍树的提议。我们知道，那不是一片榆树，那压根就是三个女儿的嫁妆啊，比如红箱子，比如木头床，甚至一张小桌子、几个小板凳。大舅手艺不精，但是刨几下，钉一钉，还是能够凑合着用一用的。我妈唯一的嫁妆就是一个红木箱，油漆很厚，红彤彤地放在那里，是家里独有的色彩鲜艳的家具，所有珍贵的东西都放在里面。除了过年穿的新衣服，底层还压着全套的《毛泽东选集》。《毛选》旁边是一包毛主席像章。二叔的来信也用红绳捆成一札放在箱底，可惜后来都不见了。我懊悔地想，怎么就不见了呢？信封上万一有珍贵稀缺的猴年邮票或者"全国山河一片红"那种邮票呢？总之，做娘的一片苦心——出嫁的姑娘至少要有一个榆木红箱子，我们不大懂。

人虫大战须持续大半个秋天，直到西风渐紧，虫子们霎时全军撤退，从来处来，到去处去了。偶尔在某个清寒的早晨，在地上还能发现一两个僵而不死的家伙。后来榆树们终于没有成材，被砍掉了，重新加盖房子的时候，拣好的木头做椽子用，多年前那个春天的计划总算有一点儿痕迹可寻。其实没有了玉米和榆树，生活还是越过越好了，只是后来一见到别人家的玉米和榆树，不免多看两眼，好像自己家的长大了似的，莫名地觉着亲切。

　　话说榆钱清甜，榆皮也能食用，也许因为汲取了春风秋露的缘故吧。那时候，人们会在春秋两季将榆皮磨为齑粉，掺入白面、玉米面等，做成山西人喜欢的一种面食，叫"饸饹"，光滑可口且耐咀嚼。这种清苦时代的食品经过悠长的岁月，如今身价倍增，成为难得的农家饭了，被人吃得欢欢乐乐，没有一点儿当时忧伤的气息。命运这个不可琢磨的家伙，一会儿给你一巴掌，一会儿又摩挲半天，给你一个莫大的惊喜。

兄弟俩

连日天阴,小雨时来时不来,处处都很湿润,比如花树,比如灌木,比如青砖以及衣服。雨天里,想点儿事情难免也湿漉漉的,简直要长出青苔来。

每逢下雨,巷子里总是冷冷清清,屋檐如洗,雨点打在屋瓦上像开音乐会。起初舒缓缠绵,适宜怀想往事。继而声响大了,叮当悦耳,如听波尔卡,如听《鸭子拌嘴》。渐渐地鸭子们越吵越急,场面混乱,这表明大雨如注了。小时候每当雨滴在屋瓦上敲打得越来越急切时,巷子里的老人们尤其我妈抬头望望锅底一样乌黑的天空,忧心悄悄,不免默默祈祷:"老天爷啊,把雨下到门外去吧,门外有庄稼地啊。"

他们说的门外是指城门外有地可种的近郊以及更广大更可作为的农村一带。小城最初有四个厚厚的城门,坊间的说法是:以门为界,门内是城市,门外是乡下。乡下就可以种豆种米，种菜种瓜。雨下到那里，庄稼得到灌溉，乡民欢喜，才不枉风云雷电地折腾一番。下到城里做什么呢？雨量过大，泥水倒灌进院子里，那时的院子又没有下水道，家家只好冒雨抢险，一盆盆浑水被端出来，泼到巷子里，并且在巷子里再挖一条浅土沟，期望积水顺势流走，流到小街上的下水道里去——如同大禹治水，用疏导之法。

每到这个时候，壮劳力显得分外重要，家有男儿是多么地好，女人毕竟纤弱，翻锨弄土的婀娜姿态中看不中用。我家没有男人，但如果房客们在，我妈倒也不十分忧虑。

最早的房客为兄弟俩，诸如抗洪抢险、提水倒垃圾等重活，只要他们在，不劳游说，总有一个人主动承担。弟弟叫巨顺，黑壮汉子，膀大腰圆，干活像出口气一样轻松，说话却吭吭哧哧；哥哥名银顺，瘦而高，脸色白净，比弟弟话多，干起活儿来也不含糊。兄弟俩遇到需要张嘴的事情通常由哥哥承担，后来我长大了，他居然拦着我的自行车强行说媒，真个是口吐莲花。

兄弟俩是我家最早的房客，三间正房，我们住两间，他们合住另一间。大家一起日出而作，日落而息。每天早晨我们上学的时候，他们恰好也吃完了一锅小米饭，碗里没什么菜。如果白菜地还在就好了，菜农们出手豪奢，掰下来扔在地边的菜叶子固然品相不美，但叶形完整，又是纯绿色食品，拿回来或醋溜，或辣炒，诚可佐饭。兄弟二人倒不计较有没有菜，吃得很香，饭后锅碗用水一泡，然后关门落锁，推着各自改装的二八横梁自行车先后出门，为更多的小米饭而奋斗。

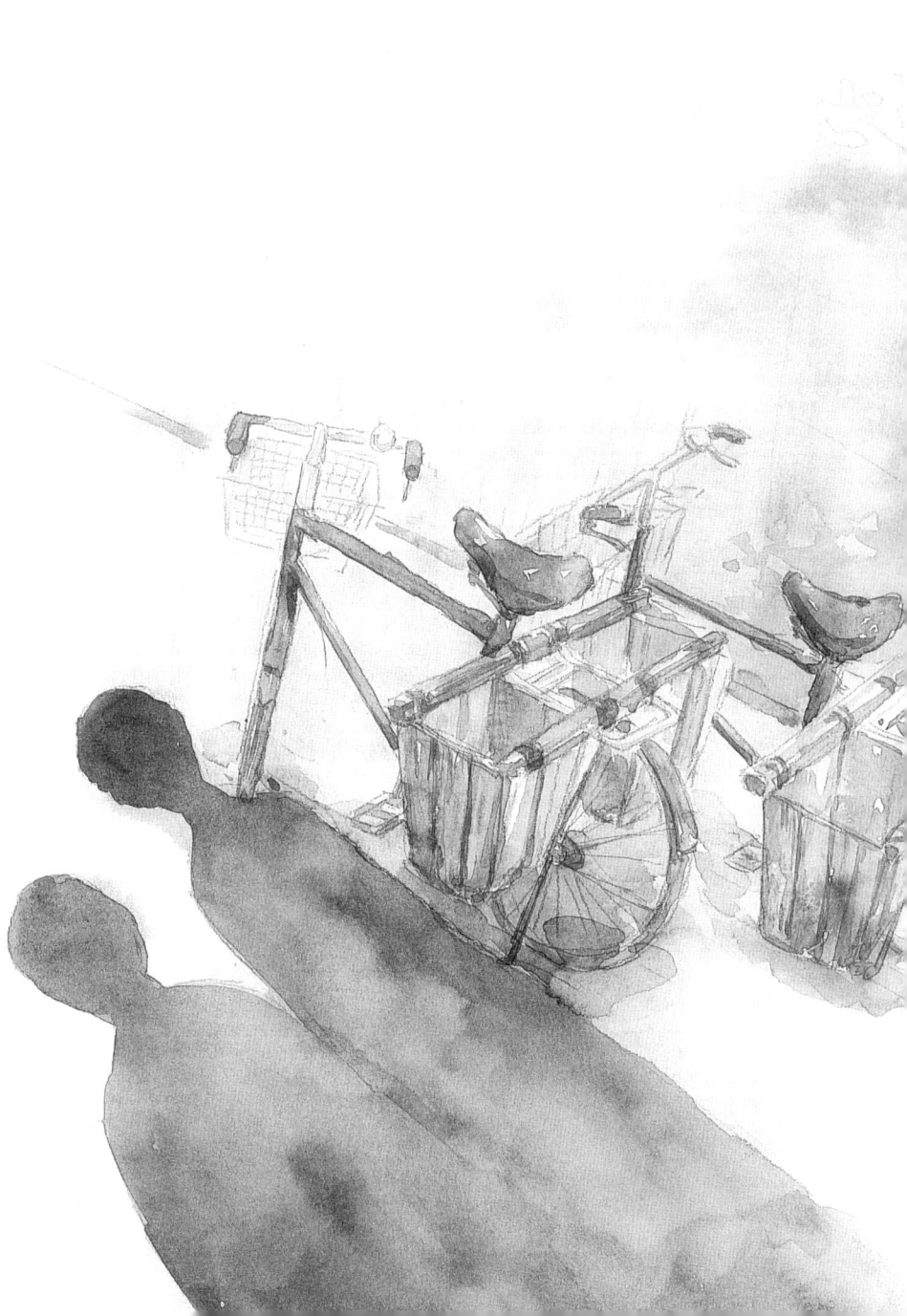

两辆自行车通常倚在南墙边,确切地说,是一侧车筐倚在南墙上,后座车架两边永远挂着两个木筐,三扁四不圆,深深的,容量不小,被两根粗短的木棍牢牢固定在车架上,整辆车子看上去虽笨重,却很实用。这是兄弟俩外出谋生的工具。

这已经是第二代谋生工具了,最初是两架木板车。当兄弟两个驾着长辕拉着板车进院门的时候,我吃惊地发现拉板车的除了牛马,居然还可以是人。

他们拉着板车早出晚归,不用板车的时候,则把板车竖起来倒扣在南墙边。我钻进去,蹲在板车与墙之间的空隙里,看蚂蚁走过墙边,走过一溜儿蒲公英,看蒲公英的小黄花在风中摇啊摇。偶尔也躲在板车下玩捉迷藏。更多的时候,借此阴凉之地,假装坐下来看书。二姐的书,我未必看得懂,瞎看。板车下一小段美好的童年时光,和财富没什么关系。

后来板车不见了,自行车的车筐下没有可以"偷得浮生半日闲"的空间,有时左筐,有时右筐,孤零零空荡荡地独自倚墙。又过了不久,带货筐的自行车也不见了,代之以人力三轮车,越发没了乐趣,倚墙读书的风光彻底消失了。

木板车自行车三轮车都是兄弟俩的交通工具兼运货工具。兄弟二人是生意人,按我妈的说法就是做小买卖的。详而述之,在资金积累初期,他们先以收废品起家。收废品一本万利,他们干活干净利索,现收现卖,几乎从不把乱七八糟的废旧东西收回院子里堆放。有一次,弟弟巨顺收回好大一盘黑电线,坐在南墙边咬着后槽牙用手钳拔了一个下午,拔出一小堆铜丝来，发了一笔小财，很大方地请哥哥吃了一顿卤肉拉面，那个傍晚院子里肉香扑鼻。

板车的容量比自行车筐大，但自行车速度快，一天能跑两趟，生意其实比板车好，后来的三轮车则集二者之长，可见兄弟俩的生意逐渐风生水起。好到不再收废品，而做起真正的小生意来，比如卖应时的水果——瓜桃李枣之类，挑两大筐沿街叫卖。城市不大，不知道哪一处是他们的生意场子，只等到太阳下山了他们才回来，腰包鼓起来，三轮车空下去。兄弟二人从不在住所周围做生意，也许预料到什么了吧。

有一次，我们睡到半夜，忽然被我妈喊醒了，那时候正是夏季，院子上面的夜空像一段静谧的河流，无声无息，不知道从哪里流过来，也不知道要流向哪里去。洁净明亮的星星一小颗一小颗，落在河里闪闪发亮。夜已深，月亮才圆了大半个，等到一轮满月大概还要好几天吧，真是不容易。我们也不容易，睡得正香，迷迷糊糊很不乐意被我妈喊起来……可是一看到大门口堆得像小山一样的西瓜，眼睛立刻瞪得溜圆。我从来没有见过那样硕大的西瓜，几乎有我半个身子大，长圆形的、滚圆的，比天上的月亮大多了。原来走了几天的兄弟俩不知从哪里搞回来一卡车西瓜，发动我们连夜搬到院子里去。房东与房客站成一串儿，静悄悄地流水作业。我最小，夹在最中间，西瓜太大了，有的根本抱不住。老实说，除了西瓜之大让我惊诧得说不出话来，黑籽红瓤、又沙又甜的想象也让我闭紧嘴巴，一言不发，我怕口水太响而静夜里连月亮都听得到。对西瓜的无限想象和垂涎让我不由自主地奋力干活，以至于小胳膊很快酸麻起来。终于，某个巨大的西瓜摔在地上分成数瓣，果然黑籽红瓤、又沙又甜！说不清问题出在谁身上，也许是二姐过早松手，也许是我力气太小。几十年过去了，到现在我仍可以本着良心郑重声明，我虽有馋瓜之念，但绝无摔瓜之心！兄弟俩非常慷慨，既然瓜碎了，干脆大家坐下来，连开两个大瓜饱餐了一顿。吃了人家的瓜，干活就更卖力了。

月夜搬瓜，对兄弟俩来说也是无奈之举，照以往的经验，那样一堆大西瓜放在巷子里，一定会有某个邻居理直气壮地要上门来，好像西瓜卖完了兄弟俩一定会发大财，他们必须来分一杯羹，所以还是关在我家院子里更安全一些。孰料"春色满园关不住"，后院的男人很快知道了西瓜的事情，果然毫不羞惭地抢走两个。我很生气。虽然自己也吃了人家的西瓜，但那算劳动所得，与后院芳邻的行径不可同日而语。

兄弟俩倒不怎么计较，大概在意料之中，此次西瓜销售收益可观，连着几晚他们都开心地请客，夜风清凉，一院人或坐或蹲，月下啖瓜，谈笑风生。银顺一高兴，话就多起来，巨顺也笑容满面，很开心的样子，这是他们良好合作的开端。但二人合作不长久，单干的时候居多，这应该和二人各自拖家带口有关。我记得他们当时都三十多岁了，说不定上面还有一个哥哥，叫金顺什么的，如果金顺也来合伙，说不定我妈就会琢磨着加盖房子了。

后来我们终于加盖了房子，兄弟俩银钱上帮不了忙，力气却有的是，立即歇工加入盖房的队伍。他们不要工钱，不过要求房子盖好后，二人分开租赁，一人一间，房钱各付，发了大财似的阔气，一直住了很久，都快住成一家人了。我妈越发承担起一个长者的责任来，当然更重要的是一个房东的职责。

比如冬天的早晨，一旦兄弟俩起得稍晚一点，我妈不大放心，总要趴在窗户上往里探看一番，把人家的房门敲得咚咚响，直到屋里有人答应一声。北方的冬天，烧煤取暖虽然很豪奢，但是煤炭燃烧不充分常常会发生煤气中毒事件，重者或死或瘫，我们称之为"煤淹"。还是别的季节更好过一些，没有人身安全方面的担忧，至于感冒中暑拉肚子之类的小毛病，兄弟俩起先总是挨了又挨，等我妈看出来，拈着小小的缝衣针毫不客气地先扎下巴、脑门，再视病情轻重，扎手指、后脖子、后背，最后煮一大碗葱、姜、胡椒以及那种叫啥曲的东西混合而成的汤，趁热喝下去焐一天，身轻体舒。我妈说银顺好扎，皮薄馅鲜，针尖稍一挑，血水滋滋地往外冒；巨顺就不一样了，皮糙肉厚，累得人一身大汗。这些可能都是他们愿意留下来的理由，但我以为租金不贵才是最主要的原因。我妈总想让人家搭手干点儿重活，租金怎么好意思提高呢？

房子分开了，生活还是老样子，巨顺依然话不多，下雨的时候蹲在门槛上一声不吭，像在做着听雨那么风雅的事情。但他逼急了也开口说话，有次拉肚子买了某种药，铝箔包装的，他从鼓起的那面抠啊抠，急出一头大汗，问了我们才知道后面薄薄的铝箔才是取药之处。这件事被我大姑取笑了很多回。每次大姑来，都是巨顺最开心的时候。大姑的故事很多，字字珠玑，九曲连环，家长里短被她说得活色生香,直到大姑人走了,他才合上嘴巴,不啻于刚刚享受了一场精神盛宴,心满意足地去干活了。如果每次下雨都能听大姑闲话家常,巨顺就不会蹲在那里百无聊赖了。银顺不喜欢听雨,也不经常听大姑说笑,有空他就学文化,不知什么时候收了一套初中教材,坐在屋子里捧着历史、地理课本,嘟嘟囔囔的,半天翻一页,大约那里面才乾坤始大,岁月悠长吧。

十多年后,兄弟俩转战家乡,听说买了拖拉机跑运输,我猜是一人一辆,突突突突地跑在乡村路上。说不定现在换成了更先进的车辆,开车的应该是他们各自的儿子才对。

母亲的偶像

陌上花开，宜缓缓归，每年一到这个美丽的时节我们就开始预防七十多岁的老妈出逃。所谓预防，总有百密一疏的时候，比如防火、防盗、防病痛；而防我妈，却是百疏一密，她几乎具备随时出逃的条件，逃跑起来如风过草原，无遮无拦。

老人家有盘缠，她的零花钱有零有整，不论大小，每一张折四折，叠好后按序排列，放在特制的布袋里。那布袋宽一拃，长一尺半，已看不出本来的颜色。长大了的外甥们无不对此钱袋哂笑不已，我怀疑是我爷爷以前缠在腰上的，不然，没几贯钱，两个老婆先后从哪里来？我妈说："拉倒吧，你败家的爷爷把我的银镯子银耳环都卖光了。"说完把一小叠钱放回钱袋深处，像缠裹腿一样把钱袋缠绕许多回，包好了，再压实，这才装回深深的衣裤口袋里。

钱有了,她还有闲,腿脚又利索,视力比我还好,装着钱袋子不知何时就出了门,先打的,再坐一小时长途汽车,抵达她想去的地方。

天地广大,我妈却只去一个地方。那里天空高远,田野漠漠,野花开在地边,垄上有人荷锄而行,以前还有老黄牛不停地像思想家一样反刍。那是她偶像的家乡。田野那头的小村子里,有一处房屋默默地破落着,就是她偶像的家啦。照例是偶像的老婆或者女儿笑呵呵地打过电话来,告诉我们我妈吃得好,睡得香,住一两日就缓缓归家了。

母亲的偶像也是我家的房客。我怀疑他是老房客银顺、巨顺兄弟勾引来的,与他俩同乡同村嘛。我放学后见到他,他已经在西半间偏房里收拾铺盖了,南墙根多了一辆带筐的自行车,看来又是一位农闲之余致力于环保事业的生意人。小城似乎发展很快,快速发展产生了很多废品,有人走向高端的生活,就有人弯腰收拾底层。

第二天一大早,二顺兄弟要出门谋生,但仍然不忘提携新伙伴,于是冲着西房大声地喊道:"常河水,常河水!"

西房里没有声响,过了一会儿飘出常河水一句回答:"你们走吧,我今天不去了。"

直到中午我放学回家,这个名叫"常河水"的新房客才慢腾腾地开门,上厕所,洗手,问我妈哪儿有卖面条的,慢腾腾地出门去,半天才磨蹭回来,手里提一把机器压制的白面条和几根绿菜,又从床下摸出一口小锅,先炒好菜盛到碗里,再接水煮面条。

那种悠然的意态啊,完全不像是收废品的。收废品是个苦差事，难道还要养精蓄锐运筹帷幄以求一击而中吗？

每天黎明时分，巨顺银顺兄弟早早就起来了，院子里有了动静，常河水被惊醒了，先向窗外瞭望，见天色微青，一弯明月斜挂在天边，他觉得时间尚早，转回去又是一霎西房高睡迟，任是春好，也不开门。等再一次望向窗外时，太阳已高高地照在窗棂，照在他慵懒的身上。

一梦如许长，花开又花落，这中间发生了多少事情是常河水不知道的呢？

附近一所学校的学生开始做广播体操了，常河水终于伴着音乐推车走出门去，他那辆车子总有个地方一动便吱吱扭扭响个不停，好像很不情愿劳作，一直在提意见。唉，主人天性惫懒，连车子也这样不堪。如此种种，也仅发生在常河水出门"打鱼"的时候，就算废品常有，常河水也不常去，有两天时间他要"晒网"——他收来的东西总是先堆放在院子里慢慢整理归类，整个院子弥漫着陈旧的气息。我猜他外出劳动也漫不经心。收废品不可小觑，同行不同利，二顺兄弟吃苦耐劳，眼光精准，如马伯乐一过冀北之野而马群遂空，即使小生意也做得有声有色；常河水远远地落在后面，南墙根永远放着他的破车子，和他的人一样没什么追求。但看常河水，闲立西房外，悠然望南墙，犹如方外人。

时间久了，我妈忍不住了，为使房租有保障，某天，等常河水好不容易踱出门来，急忙上前好言相劝："城北有座市委家属院，城南有三个大工厂，这些地方应该有不少废书废报旧电器，去收一趟可以赚点儿钱。"

常河水慢腾腾地笑着，一点儿都不着急，搬出一套老话来搪塞，大意是说，人的命，天注定，命里有，无须忙，命里无，跑断肠。照他的说法，属于他的财富正一往情深地待在某个地方，总有一天他会发达的。

　　那也得出去挣饭钱呐。我妈极力劝导，他可以不急，但房钱不按时交，我们一家子的口粮没有着落。不过关于命运的问题，经常河水一提，不由得触发了她的心事。老人家心下戚戚，跟在磨蹭的常河水后面嘟嘟囔囔："命这个东西是注定的吗？既然注定，那是不是可以掐算得出呢？"

　　常河水一边推车子一边神三鬼四地说："老房东，你放心吧，你的坎儿都过去了，你是越老越有福气，晚年生活富足安定。"

　　常河水神神秘秘地飘走了，留下我妈站在院子当中，心事重重，上午的阳光明媚而温暖，透过玻璃窗，照得西房内斑驳一片。后来我妈一有空就跑到西房里问东问西，眼神越来越亮，心之诚谨，仿佛常河水就是活神仙，能勘破无常世事。

　　有一天晚上，月明星稀，我妈催我早早睡觉，她自己则神神叨叨的，不知道在跟常河水密谋什么事情。我困得低枝倒挂，什么也管不了了，一梦沉酣。我睡得正香，忽然听到院子里有些声响，抑扬顿挫的。风拂一更，月上一更，白菜地边原本祥和安宁，难道有鬼狐溜达出来夜读诗书？我趴在枕头上立即想到《聊斋》，那里面的鬼大多丰神俊逸，万一我们院子里现在冒出来的也是这样骨格清奇的呢？可惜不似《聊斋》胜似《聊斋》那样的鬼是不可能有的，院子里的声音听来听去如唱戏一般，咿咿呀呀，在万籁俱寂的深夜，这一调高一调低、鬼气森森的吟唱，惹得狗吠了一阵儿，猫叫了一阵儿，但都没有那诡异的声音恒定持久。

我侧耳聆听了一会儿，觉得像是常河水的声音。记得他的声线偏细，哼哼唧唧女人似的。静夜里他的声音变得高亢起来，似乎在祷告什么。后来我才明白，常河水趁着夜深人静在跳大神，求请各路神仙察纳凡言，救苦救难。照我妈的说法，人家头上顶着老爷哩，他就是老爷在人间的代理人。

是个懒汉也罢了，居然还是个神汉子！怪不得言谈怪异，举止轻狂，而且不怎么干活还有吃有喝！银顺大叔说，常河水在村里已是小有名气的半仙了。那待在村里开堂算卦好了，来收什么废品！常河水懒惰本不关我的事，常河水跳大神也不关我的事，但我妈受他的蛊惑，像变了个人似的，饭都做得潦草了，这让我怒从心头起，"眼睛里飞出小刀子"，剜他一眼，再剜他一眼，时间久了，搞得常河水见我就躲。其实我恨他又有什么用？一江东流，大势已去，常河水有我妈庇护，莫奈其何。不但如此，在我妈不遗余力地宣传下，左邻右舍亲朋好友趋之若鹜，小院子里求告问讯的次第而来，也不知他们到底在掐算些什么，有没有应验，我妈简直可以摆张桌子收门票了。

受到追捧的常河水很有些得意，不收废品的时候，就在院子里哼唱着戏文走来走去，体态妖娆。令我疑惑的是，那晚常河水跳大神之后，我妈小腿上静脉曲张的老毛病居然不治而愈。那个曲张法我见过，一团扭曲的青筋高高鼓起，大概有十多厘米，像几条狰狞的小青蛇盘结在一起。医生说吃药不管用了，做手术吧。谁知常河水唱了唱，症状就消失不见，真是不好解释啊，怪不得大妈们迷信他的鬼花招呢。

老实说，四十多岁的常河水长着一张典型的国字脸，皮肤白皙，整体看上去还算是仪表堂堂，但他阴一阵儿阳一阵儿，谁肯嫁他？说不定是个光棍吧。不料有一天，他的老婆带着两个女儿居然来找他了。那个女人三十多岁，细皮嫩肉，脖子以下无处不圆润，胸、腰、臀、四肢浑然一体，不是丰腴是臃肿，衣品也不行，看上去邋里邋遢的。住了几天就知道是个懒婆娘，常河水的衣服、被褥胡乱洗了几下，挂在院子里像收回来的废品，迎着风发散出一股怪味。但她脖子以上部分却很好看，瓜子脸，胃烟眉，高鼻梁，红润的樱桃小口，与臃肿的身体组装在一起，奇异极了，真让人怀疑是常河水夜里施了换头术。他的大女儿简直是他老婆的年轻版，恐怕将来也会变成水桶身材。

我讨厌常河水，但我不讨厌他老婆。这个有张漂亮脸蛋的懒女人很会做饭，做米饭先滴几滴油，煮出来的米饭粒粒可数，晶莹光润，香气飘满整个院子。没事儿的时候和我妈拉家常，一坐即到日偏西。那时整条巷子炊烟四起，传来归人跫然的足音，神汉子常河水也美滋滋地回来了。一对懒夫妻，日子过得拖泥带水，但看上去也是美满幸福的一家人。

如果按常河水所言，命运有定，那"知识改变命运"这句话该如何解释？我忙着学习，间或发发小脾气，不知不觉一年就过去了。有一天下午，我忽然发现常河水瘸着一条腿走进走出，垂头丧气，好像在收拾东西。我妈说他的腿出了毛病，这病来得迅疾，来得莫名其妙，恐怕连常河水自己都没能掐算出来,他要回家了。

我吓了一跳,不由得眨眨眼睛,是我天天剜他剜出来的病吗?他不是替人算卦赚了不少钱吗?去医院看医生啊。

哪有钱。我妈叹口气说,他替邻里打卦从不收钱,管顿饭,给包点心,随人心意而定,废品收得又不好。

常河水的老婆来接他回家,常河水大约自知情形不好,告诉我妈把房子租给别人吧,不必给他留着了。不过就算他不在了,以后遇到什么事儿,上炷香他就会知道,老房东的事他不会不管。

不久之后,常河水去世了。我妈却相信他在另一个世界找到了归宿,说不定做了某老爷了,所以多年来,有事必去常家香案前祷告一番,朝觐之心,天地可鉴,仿佛还得到过某种神示,比如我大姐夫死后成了先生。即使无可询问,春回大地的时候,她也要跑过去住两天。乡间空气清新,春花烂漫,还有各种庄稼、蔬菜活泼泼地从地里拱出来,慢慢长大,等待被人收获。常河水的老婆依旧懒惰,端给我妈的米饭也依旧香喷喷的,他们的女儿后来果然发育得很壮实。

迷信这种东西,只要于他人无害,我妈愿意相信就让她相信去吧,何况一路踏青兼访友呢。搞不清常河水为什么离去得那么早,爱跳大神就跳吧,那里的世界大可装神弄鬼,尽情歌舞。

失　惊

事情是这样的。

冬天的晚上,一家人围着火炉吃完简简单单而又热热乎乎的晚餐,把手臂、膝盖尽量挨近炉壁,看着红红的火苗腾挪舞蹈。火炉是砖砌的,温暖只在炉壁周围,远一点的地方,渐渐不怎么暖和了。长夜漫漫,做什么好呢?桌台、水缸……都是冷冰冰的,而黎明遥远得必须狠狠睡一觉才肯到来。

于是,我们决定举家睡觉。拉灭头顶大眼睛一样昏黄的灯泡,钻进冷被子里蜷成一团儿,再把一层一层的衣物压在被子上,过了一会儿,暖洋洋的气息慢慢包围上来,四肢随即舒展开。门外游荡的寒风越来越弱,渐渐听不到了。我们可能同时睡着的,一梦跌入黑甜香,不知今夕何夕了。

毫无预兆的,我妈忽然惊醒了,一眼看到窗户已半白,吓得翻身坐起来。糟了糟了，一觉深沉，起晚了，来不及做早饭了。天气寒冷，倘若饿着肚子，人就更加哆哆嗦嗦的不成样子。她慌慌张张地一层一层套衣服，又顺手一把把灯打开，无边的黑暗中像有人执笔信手一点，一团光线晕染开来。我妈挨个儿拍打我们："快起床了，天要亮了，起来上班上学去。"

她自己趿拉着鞋下床，吱扭一声拉开门栓，正房门打开了，冷气可激动坏了，哗地全涌进来，因酣睡所产生的温暖气息瞬间消失。我妈像出早操一样，小跑着冲进厨房，拉灯、捅火、接水、拽过案板和面、切菜，整套动作一气呵成，叮叮当当，节奏分明，一个人在厨房里忙得不亦乐乎，搞得我们也紧张起来。

一大锅热腾腾的玉米面煮疙瘩做好了，早上吃这个，连汤带水非常暖和。这种煮疙瘩后来在粗粮馆里卖得很贵，美其名曰"金疙瘩"。小时候可真不爱吃。煮疙瘩很费时间的，我妈手忙脚乱之际居然还炒好了一小锅醋溜土豆丝。她向来做事慢手慢脚，情急之下，忽然利落得让人难以置信。

我们则忙着捯饬自己。洗脸的时候，大姐骂了我一句，端碗的时候又骂了一句。她总是莫名其妙地嫌弃我，让人万分伤心。现在想起来问她原因，她一本正经地说："哪有的事，根本不记得。"我妈和二姐也在旁边作证，声明绝无此事。也许是我记错了吧，事实上，我做事毛糙，日常做家务动静很大，时不时碰倒拖布，摔落书本，于是家里乒乒乓乓。楼下的女人见了我总忍不住上下打量，关心和好奇并存，神情相当复杂。我猜她一直怀疑我们夫妻不和，只是不好意思询问。所以,小时候挨大姐骂是可能的。

无论如何,一片混乱当中,早饭吃完了。看看天色,离天亮似乎还要一小会儿。我们开始整理书包,书本文具放好,再把棉手套放在灶台上烤一会儿,个个严肃端正,一副整装待发的样子。我妈忙着刷锅洗碗,收拾残局。等一切都妥当了,天好像亮了一些,又好像跟刚才一样。到底几点了呢?父亲的钟表自他离去之后就坏掉了,时间恒定在那一刻,无限久远,我们也不打算拿去修。

必须得买个闹钟了。我妈嘟囔着走出门,想去邻居家看看时间。我们听见她在院子里啪嗒啪嗒走了几步,迟疑了一下,又迅即转了回来。

"不如我们估算下时辰吧,这么早打扰邻居也不太好。"她说。

反正肚子吃得饱饱的,不惧寒冷,我们鱼贯而出,站在院子里,一齐仰头看天。

天心一轮圆月,脸盆大小,白素素的,嵌在深蓝的天空。奇怪的是看不见它闪闪发光,其光芒却兀自一泻千里,人间万物无不在它的笼罩之下,明亮得不可思议。除了月亮,天幕上还点缀着几颗星星,小而清晰地亮着,疏疏落落,一眼望去似乎不多,但要认真数下去,远远近近又不可胜数。寒风一定来自天边,所以整个天空以及月亮、星星,金属一样清冽冰冷,只可远观,不能亲近。寒风刮过具有金属质感的星月,也许会奏出铿锵清脆的乐声吧,只是路途太遥远了,等它风尘仆仆地赶过来,差不多已经累得筋疲力尽,势头减弱,只剩下呼呼的喘息声了。

那个时候，冬天就是这样地恪尽职守，该冷就冷，该下雪就下雪。我喜欢那时的冬天，哪怕手脸通红，冻得哆哆嗦嗦，但看见四周瞬间像童话世界一样银装素裹还是异常高兴，所有的艰难困苦都忘掉了。

我们齐齐地站在院子里，因为刚搬来不久，没有院墙，白菜地就是我们辽阔的疆界。月光下没有白菜的空地苍茫旷远，月色铺洒在上面像敷了一层白霜，又因为凹凸不平，色彩略有差别，白茫茫的海水一样微微荡漾，有的地方明亮，有的则稍暗一些。菜地尽头是一溜围墙，墙头起伏的线条清晰可见，墙根下厚厚的土堆影影绰绰，像卧着一些大狗小狗。墙那边是个工厂，在夜里静悄悄的，无声无息。我们这才注意到周围邻居的院落黑沉沉的，一片寂静，除了风在空地上四处游荡，没有人声，狗也不叫，鸡也不鸣，连猫头鹰都噤了声，平时它总在四周，忽左忽右嘿嘿地冷笑着吓唬人。

显然，是我们集体起错了时间。意识到这个问题的时候，我顿时觉得脖子和后背像浇了盆冷水，全身哆嗦起来，除了寒冷，恐惧也慢慢地袭来。人们说，黑夜不属于人，一到夜晚来临，夜游神以及别的什么东西便出来放风，夜晚是它们的，逛来逛去逍遥自在。我妈说夜游神通常身高一丈二，但有时候未必如此，随着境况不同，夜游神忽大忽小变幻莫测，简直不可测量。半夜的空地边，我们高高低低地站着遥望星空，疑惑重重，而夜晚的占有者们一定也很好奇，挤挤挨挨拥上来想看个究竟，冷风窜来窜去。我妈强自镇定，让我们回去继续睡觉。几个人逃一样跑回屋里，把门关得死死的，亮着灯，重新钻进被窝。谁也没敢说什么，暖意渐渐围拢来，再次进入长长的梦乡里不知秦汉了。

想来我们不打招呼，突然闯到黑暗之中，开火做饭，吵吵嚷嚷，那些夜晚的精灵们说不定也吓了一跳吧。

再次醒来，则是被周围的吵闹声惊醒的。麻雀冻得在地上蹦一会儿飞两下，人们纷纷做着早晨才应该做的事情，炊烟袅袅，家家冒出烟火气，消失了一晚上，他们全都回来了，浑然不知他们睡着的时候我们做了什么。紧邻的右边院内，有个小孩子不肯吃早饭，大约嫌饭菜不好，可能是煮疙瘩吧，口感粗糙，哪里比得上白面馒头。他妈妈高声骂了两句，依然不吃，然后听到嗵嗵两声被老爹踢了两下，小男孩尖厉地号叫起来，吃不到馒头还挨打，真是人世苦多，为欢几何啊。

我们不慌不忙地起床，从从容容地整装出门，笑容可掬地与人打招呼。早上该做的事情，在半夜我们已经完成了。

我们这里管这种情况叫"失惊"。其实也没什么奇怪的，但家里没有一个男人，深夜里不免显得有些凄凉。

神秘的房客

那天晚上不知为什么,整个院子只有我一个人,我趴在小厨房的锅台边孤独地思来想去。

小厨房是这个院子里的第一批建筑物,六七平米大,四四方方,颇能遮风避雨,但不耐细看,仔细观察总有些潦草成章的痕迹。我趴着的锅台紧靠院子一侧,长长地占据了厨房的小半部分;另一半和锅台相对,四摞红砖支起一扇大门板,锅碗瓢盆罗列其上;墙角蹲一口大水缸,缸里清水荡漾,放个绿瓢儿就差似五湖春了。那个夜晚,所有这些都和我一起,透过锅台上方的窗户,与大半个月亮对望。当然,也许只是我们看着它,感受它的皎洁美好,而它照着整个人间,不知道我们的悲欢。

秋寒时节了,秋风时不时从窗前飘过,我觉得这风瘦嶙嶙又毛叉叉的——秋天是个不断衰减的季节。还好,水泥锅台光滑而微温，趴在上面好像世事安然。我把双手拢起来放在火口上，晚饭吃罢，炉火半封着，虽然没有火苗，煤在里面却红得温暖。透过火光，可看到十指和手掌红得晶莹剔透，似乎里面充满了红宝石，而不是乱七八糟的骨节、经络和血肉。真的，倘若肉身如此，岂不是很美丽？

我妈去哪里了呢？说一会儿回来，显然是骗人的。院子里其他人也像商量好了似的，一齐不在。隔着一堵墙的邻居家叮叮咣咣一阵响动，屋门啪嗒打开又合上，有个老头儿咳嗽了几声，老太太埋怨起来，惹得前院的大黑狗一通狂吠，旋即被主人喝止了。渐渐的，周围人声寂静，秋声萧索。

我妈不回来，我困得要命，但不敢独自跑到正屋去睡觉。她说过，厨房外面的炉灰洞里晚上会跑出狼来，专叼小孩子。我瞄了一眼锅台下储放煤炭的大煤洞，想象着一只孤独的狼由外而入，又从此出。其实我知道这是吓唬小孩子的，我已经不是小孩子了，狼不会来，可野猫说不定会有一两只煨在里面，黑乎乎的夜，绿莹莹的眼，也会吓人一跳不是？小时候总有些禁忌是令你感到害怕而不敢去尝试的，比如雨后的彩虹是不敢用手指点的，害怕手指因此化为乌有，我猜可能会像雪糕一样融化吧，长大后想试验一下，彩虹却没有了；至于朝南磕三个响头，再打一个滚儿，就会变成一只兔子的传说，一直不敢尝试，万一神话成真可如何是好。

我之所以对那个晚上的小厨房记忆深刻，除了那些神秘莫测的传说，更因为后来不久，小厨房不复归我们所用。作为操作台的门板被清空，铺上被褥当床，水缸移到正屋里，水泥锅台上炊烟袅袅，已是别人家的烟火——小厨房也租出去了。

我妈在正屋前乱搭乱建小棚子以及小锅台，用作新厨房，虽然太过简陋，好歹一日三餐总还是能糊弄出来的。

租住厨房的新房客特别大方，一下子预付了两个月的房费。要知道，交给我妈的薄薄一叠钞票正是我们的学费，是柴米油盐，是两双袜子，是我妈的新决定。忽然遇到这么有钱又慷慨的房客，我妈有些心虚和愧疚，毕竟厨房设施简陋，床板都是用门板改造的，但到手的钱还是攥得紧紧的。

关于这块门板，我想是爷爷烧麦铺上的吧，样式古老，宽大厚重。烧麦铺的门没有门轴，早上，吱扭一声卸下门板，热闹的景象争先恐后涌进来；晚上，搬着门板上起来，黑夜中的一切统统关在门外。爷爷经营家庭几无建树还不让人说，但至少，门板和老家具们还留着呢。所谓"败家"大约是指他娶老婆的花费比常人多一些，除了两个奶奶，中间居然还有一个过客——据说娶进门不到一个月，看看生活实在难过，趁着天不亮，打了个小包袱一去不回头，因此，在奶奶的行列里她不能充数。

我妈说，在那个年代走就走了，结婚、离婚以及重婚是不大讲究的，觉得不称心，趁着天黑，打包袱溜走就是。

这个房客倒不大计较住处的好坏，他来时和别人不一样，只利利索索拎了个黑色的人造革皮包，其作用等同于小包袱，不过不是逃婚，他自称是个生意人。具体做什么生意，我妈没有细问，只要不违法就好。他也不打算交代清楚，单从衣着上看，比其他房客光鲜多了，想来生意兴隆，不然，怎会一下子预付两个月的房费，出手如此阔绰呢？

除了衣服光鲜，皮包黑亮，小厨房房客的模样倒完全模糊了，仅从门板兼床板的结实程度去回忆，那张床很适合他不胖不瘦的身体。作为中年人，他的身材不似青年般玉树临风，肚子也不像青年般结实了。新房客很忙碌，拎着他的皮包日出而作，日落不息，通常天黑很久之后才回来，有时连着几天不在，所以，小厨房只是他回来睡一宿的客栈，锅冷灶冷。

白菜地边居住的既不是书香门第，也不是钟鸣鼎食之家，但我们谨遵"非礼勿言，非礼勿视，非礼勿听"的古训，我们和诸位房客从不说废话，不传瞎话，不打听别人做什么，今天赚了多少钱。所以，新房客只在月底交房费时才跟我们说几句话，平时则像他的皮包一样，嘴巴闭得紧紧的，情绪饱满又苦大仇深，一副做大事赚大钱的样子，我们也不肯多问一句。

变化是在不知不觉间发生的，不知从何时起，住在厨房里的房客开始生火做饭了，小厨房里炊烟与饭香袅袅升起，人就下了凡尘，先跟我们点头致意，偶尔也说笑一番。

某个黄昏，和他一起走进院门的除了皮包和夕阳，还有一个姑娘！这是什么情况？院子里所有人的目光瞬间交织在一起，向他发出无声的询问：这是谁呀？

房客笑眯眯地说，这姑娘是他的对象。

原来他还没有成家？好一把年纪了嘛。那个大姑娘个子高高的，年纪二十七八岁，相貌平常得就像他们家冒起的炊烟，很快渺无印象。一院子人盯着她，姑娘不免有些羞涩，扭身进了小厨房。做饭的时候，姑娘帮忙，房客主厨，有说有笑，颇有些夫唱妇随的味道。后来姑娘来得次数多了，连邻居都不再惊讶，流言像潮水一样涌起，又像潮水一样退去了。别人的事情毕竟与自己不大相关，自家的一日三餐才更重要。

有一天下午，我去上学，出院子要经过小厨房。厨房窗户洞开，玻璃明亮，清风多事地吹进吹出，我也多事地不经意一瞥，立时瞥见厨房的床板上紧紧地躺着两个人，姑娘在里，房客侧身在外。床板是老门板做的，足够结实和宽大，和人一样不声不响。我哪里见过这种情形，交股而眠应该不是一件能公之于众的事情吧，窗户上为什么不拉根铁丝，挂个窗帘呢？我吓得落荒而逃，好像自己做了见不得人的事，好几天都羞愧不已。

一定是我逃跑的动静太大，他们听见了，从此待我便与别人不同，那种微妙的情形难以言喻，反正各怀鬼胎，似乎我们之间建立起一种神秘的联系。

暑假里的一天，房客笑眯眯地拉我过去，问："你想去大山里吗？我带你坐火车。"

记忆像一条链子，这是我记住他的又一个节点。我第一次坐了火车，那种绿皮火车，一半拉人，另一半拉煤。火车呼啸着穿山越岭，汽笛声响彻山谷。其实路程不过一个多小时，但因为我紧紧盯着窗外一闪而过的每一棵树、每座大大小小的建筑以及每个小丘高岭，所以认为此行千里万里，风光无限。

我们坐的是硬座，座位以及车窗上落着一层灰黑色的煤灰。这不奇怪,火车穿行在富煤的山西,怎么能没有富庶的煤灰呢?房客蓝色的西装上和姑娘乱飞的头发上也落了一层,但房客和他的姑娘并不在乎,一路上言笑晏晏,含情脉脉,根本不把我这个灯泡放在眼里。

他说下了火车就是他的家,其实是骗人的。我们迤逦走在山路上,转了很多弯,上山下坡,粗粝的石子路硌得脚板生疼。这里一条河也没有,河床上只有些散乱的石头,丰沛的河水不知何时才有。终于走到某个半山腰,远远听见人声鼎沸,抬头看见山坡上依着山势,错错落落站着男女老少,好像全村的人还有鸡和狗都涌了出来,大人喊,小孩笑,鸡儿飞,狗儿跳。估计他回来的消息早已像山风吹遍了山村,看来他是这个村子里最有出息的人啦!现在居然领着城市媳妇荣归故里,还尾随着一个小灯泡。

一连几天,村民们的目光都集中在我们身上,几乎能听得见这些目光在吵吵嚷嚷、品头论足。房客很坦然,任大家用目光一寸一寸审查那个姑娘,各个角度都不放过。连我这个无足轻重的跟屁虫,村民们都转着圈儿看了又看,从硌坏的布鞋到脸上每一根小汗毛,看得我直发毛。他们似乎想看出我身份的可疑,幸好我半大不小,彼不成而此不就。

我住在房客的家里,山上的房子盖得自由随性,只要动手平整出一块地来,想盖多大就盖多大。房前也是一块平地,不垒院墙,周围的峰峦叠嶂就是院墙,日月星辰就是屋瓦;也不种花花草草,山里杂花生树,想要哪枝折哪枝。房客对我说:"不要乱跑,山里有狼,好好待在家里,跟小孩子玩儿。"

山里有狼还是可信的，但不让四处走动，那带我来做什么？

"你不是爱吃地蔓吗？管你吃个够。"他笑嘻嘻地领着他的姑娘，树林里三转两转，消失不见了，他们就不怕狼！

地蔓也叫"蔓菁"，是此地的特产。家家都有吃不完的地蔓，煮出来绵绵的，永远也吃不厌。晚上在屋前的空地上，端一个蓝边儿粗瓷大碗，碗里一个大地蔓，满满当当，香香甜甜。山风清凉，无边的星月仿佛就在头顶上。坐在低低的星空下吃地蔓，不免觉得神清气爽。房客和姑娘没有被狼吃掉，溜达回来了，也是一碗大地蔓，一边吃一边嘀嘀咕咕说着情话。这回我不多事，离他们远远的，一句也不听。

地蔓吃够了，我开始想家。房客一点儿也不仗义，只顾谈他的恋爱，把我扔在山里，和迈着八字步的鸡、不看家的狗以及跑来跑去的陌生小孩做伴。他是为了惩罚我当初无意的一瞥吗？但也许是奖励我守得住秘密。

我一直想问他带我去山里的原因，一直没有机会。直到某天早上，房客照常拎着皮包出门了，从此小厨房好多天闭门不开，他再也没有回来。我妈打开门，叹口气，重新招租。

有个老房客冷不丁冒出一句："可能人家去做大生意喽。"

我妈撇撇嘴，慢悠悠地说："什么大生意，还欠我一个月房租呢。"

那姑娘后来好像来找过他，又好像没来过，总之，整件事情无声无息地就没有下文了，好像我们都做了一个梦，都记错了，根本就没有这么一个人在白菜地边出现过。

总之，这个房客来路不明，与任何人无交集，除因我多看了一眼而跟他去过一次山里……甚至，他甚至连一场感冒都没得过。没感冒过，没让我妈拈针放过血，没喝过我家特制的姜汤，他就不算白菜地边的一员。他只是个过客，像爷爷娶的那个打包袱逃跑的短暂老婆。

不是父亲的郭老爸

严格地说,郭叔叔不算白菜地边的人,但没有郭叔叔,偌大的白菜地就不会为我们而辽远,所以,提到白菜地,就非得提到郭叔叔不可。

称"郭叔叔"只是为了交代他的身份,其实从记事时起,我们一直喊他"郭爸爸"。

事情须追溯到很久以前,三个经常对坐饮酒的男人,某天喝得格外高兴,"我见青山多妩媚,料青山见我应如是",于是序齿结拜成了兄弟。父亲最大,郭叔叔行二,另有李姓叔叔为老三,谨遵父命,我们一下子多了两个爸爸。可惜草堂结义这一幕我没见到,因为当时我还没有出生。

父亲做得一手好菜,醋溜白菜、尖椒土豆丝等普普通通的家常菜,硬是让他炒出人间至味是清欢的感觉来。白酒一杯一杯清泠泠的,三兄弟直喝到月上中天。那时候的街道入夜即静，槐香袭人，酒酣兴尽，开门出来，二位叔叔闻香扶风大醉而归，那样的日子啊，过得真叫个痛快。

他们喝的是竹叶青，据说父亲把我当儿子养，他们喝竹叶青的时候喜欢抱我在膝头，拿筷子蘸点儿酒在我口水直流的小嘴上点两下。可惜这一切我没有一点儿印象，缘悭命蹇，那一种别样的父爱难描难画，失去之后永不再来。

现在我倒是愿意痛饮几杯，只要他活着，活着跨过中年，活成一个很老的老头儿。关于这一点，郭爸爸深以为然，喝了酒想起我父亲，他就长叹一声，然后也没什么好说的，又长叹一声。兄弟不能同日生，也不能同日死，但父亲身后的一堆家累，郭爸爸想了想，唯有他可承担起关照之责。他当时是父亲单位的一把手，适当照顾下烈士家属还是有能力的。他先帮我们换了房子，让我们从破旧的老屋搬到白菜地边。新建的房屋宽敞明亮，院子很大，一大早风就跑过白菜地，调皮地推开房门；麻雀也跳来跳去，与人相亲。

这么难的事情都解决了，后来我妈每临大事就有了静气，因为郭爸爸就是一种依靠。我大姐的婚事，我妈眼看阻拦无望，只好跑去找郭爸爸，一把鼻涕一把泪地哭诉："这闺女，管不了了。"

郭爸爸沉吟不语，对自己偏爱的孩子一时不好妄加评论。大姐的童年还是很幸福的，跟着父亲去上班，蹲到西红柿地里，专拣又红又大的，左咬一口右咬一口。有人发现了就向父亲告状："队长，你闺女又偷吃西红柿啦！"

父亲还没说什么，路过的郭爸爸听到了，板起脸向那人吼道："干你的活儿去！"

那人看看郭经理脸沉如秤砣，赶紧走开了。

结婚成家，兹事体大，比偷吃西红柿可要严重多了，姑娘大了不由娘，当然更由不得郭爸爸，倔强的大姐表示此生非廖士兵不嫁。郭爸爸也没有办法，只好向我妈保证："算了，算了，成全他们吧，小月女婿工作和落户的事情我包了。"

我怀疑郭爸爸暗地里一定警告过大姐夫："要善待小月姑娘，不许让她受委屈，不然……"我之所以这么想，是因为我妈每次说到郭爸爸的好，大姐夫就会从鼻子里咕哝一句："造反派。"

造反派？造谁的反？我听了情绪立时高涨。那段特殊的历史我知道得不多，造反派在其中显然不是什么好形象。别人我是管不了的，关系到郭爸爸就不能不管了。我不希望郭爸爸牵扯到那么复杂的角色里去，认识他这么多年，根据我对他的了解，他是一个重然诺轻生死、重义气轻财帛的人，虽然爱喝两口酒，喝多了骂骂人，但公司里的人一边挨骂，一边听话，十分尊重他，他怎么会是造反派呢？我妈见我穷追不舍，板起脸来不高兴了，我只得闭嘴。其实真相如何，我妈也未必知道。郭爸爸也许只是顺应时势换个名头而已，比如将公司改成革委会什么的，大姐夫不了解情况，大有断章取义之嫌。

郭爸爸身材中等，体形彪悍，长方大脸，肤色如铜，两腮往下一沉，十分威严。别人说那是横肉，可是看我们的时候那两块肉向上堆起来，笑呵呵的，和蔼可亲。郭爸爸头大，更显得没有脖子，似乎脑袋直接搁在肩膀上。那副肩膀宽阔、厚实，双肩从左向右一路斜上去，上面永远搭着一件外套。冬天是棉大衣，春秋两季是中山装，深灰或者深蓝色。夏天，白色汗衫穿在里面，肩上搭一件白衬衫，传说中公社干部的风范。郭爸爸架衣服那是一种功夫，风雨无阻，行坐无碍，长在上面一样总也掉不下来。开会的时候，双手往腰间一叉，威风凛凛。

郭爸爸任职多年，大体是得人心的，单位上千人很熟悉郭经理天风振衣、提刀斜立的做派。可惜威风八面的郭爸爸回到家里，不免英雄气短，三个儿子不爱学习，又没有乃父"胸藏浩然气，择时带吴钩"的气魄和胆识。对于这件事情，郭爸爸一想起来就生气，生了气就喝酒，喝多了就当庭训子，把儿子们叫到面前挨个骂过去，顺便表扬一下小闲。

郭爸爸家里养着一条大狼狗，每逢此时也汹汹作态，妄图挣脱铁链，郭爸爸更生气了，一脚踢过去。

自从被郭爸爸夸赞为"别人家的孩子"之后，再去他们家不免心虚，我总觉得那狗目光凶狠，大有找个机会便给我点颜色看看的意思。而那三个兄弟，很长时间都不愿意搭理我。

郭爸爸每次训子，郭家婶婶都不高兴，但慑于郭爸爸的威严又不敢说什么，只好咕咕哝哝地到厨房忙活去了。郭家婶婶比较粗笨，诸事不擅，做饭都是糊弄人的，花花绿绿的蔬菜简直就是她的敌人。就说包饺子吧，一大锅煮出来没有一个不破的，也真难为她了。郭爸爸只好把她轰出厨房，自己做饭。后来有一段时间，我妈和大姐夫彼此看不惯，相处得很不愉快。郭爸爸再次出面，以和稀泥的方式，把大姐一家接过去同住。再喝酒时，大姐下厨，大姐夫俨然成了郭爸爸的座上知音，爷儿俩推杯换盏，春风满面，好不快活。不过大姐夫不胜酒力，远不如老英雄量如江海。

有大姐帮忙，郭婶婶也很高兴，再吃饺子喊小月姑娘就好，大姐干活麻利，让郭婶婶省出一大把闲时光来，养了那条狼狗。每逢郭爸爸喝酒吃肉的时候，狼狗就在旁边吃肉啃骨头，就差上座喝酒了。作为一条狗，吃得这样阔气应该以死相报才对，但据说此狗生性凶悍，大姐住了那么久，从来没有见过它的好脸色，只要一靠近，它就会低伏怒吼，做出随时准备攻击的架势来。如果不是用铁链日夜拴着，谁知道会发生什么事情。后来有个邻居家的小男孩冒冒失失跑进来，果然被狼狗攻击了，一口咬掉了半张头皮。这可不得了，郭爸爸开始当庭打狗，粗棍子打下去噗噗闷响，郭家婶婶跟在后面大呼小叫，好像儿子被揍了似的心疼不已。

我妈说这条狼狗是不祥之物，万万留不得，极力规劝郭婶婶："卖了吧，赶紧卖了！把人养好就行了。"卖狗？一根筋的郭婶婶根本不听："要卖它，不如先卖了我吧。"

这年夏天，天气照例十分炎热，人们消暑别无他物，西瓜清凉爽口，且价格便宜，家家吃得起，郭爸爸家对面的马路边就摆出了小山似的一堆大西瓜。旁边搭了一顶帐篷，入夜有人看守。

到了夜里三四点钟，看西瓜的人起夜。天空碧蓝，星斗满天，夜风凉沁沁地拂遍全身，吹得看瓜人神智一下子清醒了，他围着瓜棚转了一圈儿，忽然看见郭爸爸披着衣服从院子里走出来，就像从水墨画里走出来似的！一晃一晃穿过隔壁巷子，隐入到郭老妈妈家的大门里去了。老郭经理这么早起来做什么呢？看瓜人觉得奇怪，更奇怪的是好像并没有听到大门开关的声音。平日里只要有风吹草动,郭家狼狗那个吠叫啊,迎风响彻半条街,今天居然一声不出。天快亮了,应该不会有人来偷西瓜了,他转身又钻入帐篷。

人间一片睡梦,千家万户俱在梦中。

第二天一大早,我们被猛烈的敲门声吓醒,大姐慌慌张张闯进来,哆哆嗦嗦地说:"郭爸爸叫不醒了!妈啊,郭爸爸是不是没了?快看看去吧。"

我妈什么都明白了,倚着门框的身子顿时软了下来,呜呜咽咽地哭起来,哭了一会儿,扔下吓得傻乎乎的我们,随着大姐向郭家奔去。等她们赶到,郭家已经聚了好多人,不知道从哪里冒出这么多人来,相识的不相识的围了好几层。马路边停着几辆轿车,围观的人说,那些轿车载来一些领导和大医院的专家。诊断结果很快就出来了:郭爸爸喝酒过多引起心肌梗死,午夜一点已经停止心跳了。

可怜他的速效救心丸还在床头柜上,在伸手可及的地方!郭爸爸侧过身,手臂抬到空中,在抓到药的刹那生命终止了。

郭爸爸猝然离世的消息不胫而走,人们议论纷纷,有人声称前几天已经看出郭经理脸色灰白,在大街上毫无目的地乱走一气,那就是死亡的征兆啊;看瓜人更是激动万分,被围在人群当中唾沫横飞,讲述他的夜半所见:"我真的看到了,明明是在凌晨三四点钟!狗都没叫!门也没响。"

人们听得汗毛倒竖却又相当兴奋,啧啧地感叹着,也不知道啧什么,对郭爸爸的死表示惋惜,还是对灵魂的敬畏?在他们添油加醋的叙述中,郭爸爸一次又一次晃着肩膀在夜色中走出大门。

过了好长时间,这种鬼气森森的议论才平息下去。后来人们总结道:那个老郭经理啊,喝酒骂人倒是有的,不过为人正直,做事端方,大家都服气。可惜这么有本事的人,四十多岁就没了。哎呀,房子就一处,儿子们还没有工作、没有成家……

郭爸爸曾经以父亲的身份在大姐二姐的婚礼上致辞,但我没赶上,那时的我还没有成人。其实我一直想象着,结婚时请他坐在上座,拍拍他老人家耸起的右肩:"多年前我们就一起喝竹叶青了,今天好好敬您一杯,郭老爸,我们喝什么酒呀?"

郭爸爸没有听到,披酒著衣,沿着我爸的足迹,一路酒香,嘿然远去了。

换冰棍儿

以前酷暑在七月,现在一进六月骄阳就露峥嵘,气温像房价一样上涨,熏熏然让人真有点受不住。

小同事们吵嚷着要吃雪糕,笑眯眯地跑过来问我吃哪种。雪糕品类纷繁,种种都冰凉。我想念很多年以前的小冰棍,遂翻开皮包,抽出一两张钱来。同事们也不客气,拿着钱出去了。那些钱可是我辛辛苦苦挣来的,当当心心地花掉才是。不过和小时候相比,现在的我是多么富裕。

小时候,雪糕大约分为冰棍儿、雪人和方砖,别的不敢想,仅冰棍儿,在炎炎夏日就足以成为消除暑热的一种美丽诱惑。可是冰棍儿要五分钱一支呀,不是什么人都能随随便便吃得起的。

也不是完全没吃过。据二姐说,在我妈和大姐不在的时候,她曾偷偷买过。焐得热乎乎的五分钱,捏紧了小心递上去，再从小贩手里接过一支乳白色、半透明、又冰又甜的冰棍儿，回家剥掉包装纸，拉着我你一口我一口分吃掉了。态度之郑重，身心之享受，简直像是完成了一次"一饮一啄，得天之功"的庄严仪式。

二姐总是厚积薄发，很会规划生活，所以现在过得收放自如，滋润得很。买冰棍儿的五分钱不知攒了多久，我疑心是她过年时挣的压岁钱。她这么大方地让我分享，我居然不大记得了。夏天那么长，那么热，小小的冰棍儿滋溜几下就没了，只留下叠加了更多臆想成分的冰爽感觉，没完没了地诱惑着我们这些小孩子。

巷子里的小伙伴，有的吃的次数略多点儿，但无论如何到不了吃一支扔一支的阔绰地步，谁能手里高擎一支，谁就可以傲视众人，在大家眼睛冒着烟儿的注视下，慢慢地、细细地吮一下，再吮一下……不过这种炫耀也不长久，烈日当头，冰棍儿快要化了，他赶紧接连不断地吸溜干净，咂咂嘴，剩下一根再无味道、舔得干干净净的冰棍棒子。

后来，江湖上兴起了一种传言，不知谁是始作俑者。传言说，用冰棍棒子可以兑换冰棍儿，只要攒够一百支，就可以跑到任何一个卖冰棍儿的箱子前，兑换一支冰冰凉凉的冰棍儿！这消息像风一样刮来刮去，刮过白菜地边好几条巷子。太让人兴奋了！不花钱就可以靠棍吃棍。小伙伴们呼朋唤友，广而告之。

有一天，两个小伙伴找我玩，我们忽然想起那激动人心的传言。越讨论越亢奋，遂商量分头收集冰棍棒子，共襄大事，等贵贱，均贫富——换到冰棍儿用小刀锯开，分成平等

的三份。主意拿定,很激动地各自行动去了。

我二姐是个小小的收藏家,爱收藏各种东西,说不定她会将冰棍棒子收集起来做游戏,或者涂了颜色编小玩意儿。那些日子我鬼鬼祟祟地跟在二姐身后,偷偷翻检她的私人物品。不记得她到底有没有这种藏品了,反正我们搞到不少:路上日晒雨淋躺了多日的,刚被人扔掉新鲜鲜还带着口水的,都收拢来。某个小伙伴有次看到一个路人蹲在马路牙子上吃冰棍儿,小街两边都是房屋,长长的房檐伸出来,宽宽的阴影落到马路边,形成一小块清凉世界。那人在阴凉处吃得很惬意,小伙伴从晒得白花花的地方走过来,也蹲到阴影里,蹲在吃冰棍的路人旁边,蹲成一小堆儿,直呆呆地盯着他,看冰棍儿一点点消减。路人看了他一眼,不说话,吃一口,忍不住又看了一眼,问道:"小孩儿你干啥?"

小伙伴指指冰棍儿:"要棒子!"

那人终于被盯得发毛了,再也吃不下去了,将冰棒顺手递给他起身走了。棒子上的残山剩水滴滴答答,没一会儿化为乌有。

话说冰棍棒子,细长而粗糙,看上去像小竹棒,因为有竹节。可是北方人食或有肉,居却无竹,不知哪里来的细竹棒子。看看现在的雪糕棒,扁扁的,长长的,与我小时候的相比,可谓云泥之别。有次吃完我还专门咬了几下,感觉十分光滑。

许许多多的小竹棒子被我们收集回来,扎成一小捆,不久小捆变成大捆,越来越粗壮。终于有一天,我们解开来,蹲在墙根下一遍遍地数,日影童声,时光悠悠,美梦就要成真了，可以换一支冰棍儿啦！

接下来，我们去哪儿兑换？

去巷子口等，等走街串巷的小贩骑着自行车，"冰棍儿！冰棍儿！……"地骑过来。

去小街上等，向东走到马路尽头，再掉头向西，一路寻找，蓦然相遇。

去更热闹的大街上等，那里"冰棍儿！冰棍儿"的喊声此起彼伏，随便就能换一支吧。

种种途径都指向一个美好的结果，但问题在于，我们举的是一捆冰棍棒子，不是亮铿铿的金属小圆币。买冰棍儿，随时有人热情地停下来；换冰棍儿，有人肯停下来吗？

直到准备付诸行动时，我们才开始认真思考传言的真实性、可行性。三个小孩子不知怎么办好，想来想去，到底想到冰和甜上去，口水咕咚咚地响，走，事情总要试试才知道。

我们勇敢地出发了，出了巷子一路向西。路上的行人被骄阳炙烤着，脸红红的，身体里的水都烤出来了，或细流涓涓或大汗淋漓，不知道烤久了，会不会烤成一缕烟儿蒸发掉。

我们拐到大街上，果然有推着自行车卖冰棍儿的小贩吆喝着擦身而过，车座后的木头箱子四周裹着小棉被，勉力保持低温。箱子里不知道挤挤挨挨躺着多少支冰棍儿，有哪一支愿意挺身而出，不要钱而要小竹棒呢？三个人互相推推，不敢上前。卖冰棍儿的走远了，我们迟迟疑疑地左顾右盼，直蹭到电影院前。

看电影是当时小城居民主要的娱乐方式之一。看一场电影吃一支冰棍儿，是很多人梦寐以求的美好生活，电影院前总有卖冰棍儿的戳在那里。我们远远望见写着"冰棍"二字的木头箱子开开合合，小棉被起起落落，它们的主人都不用费力吆喝。我们想等没人的时候，举着小竹棒诚恳地走上前去："换冰棍儿！我们有一百多根棒子呢。"但卖冰棍儿的摊子前总是有人，我们根本没机会张嘴。我们不断地为自己的胆怯寻找借口，也为鼓足勇气争取时间。手里拿的毕竟不是钱币呀，心虚得很。

来买冰棍儿的多是大人，我们默默地混在他们中间，小脑袋刚及他们腰部。大腿们来来去去，想必裤腿里湿淋淋的，像我们的小褂子一样，能拧得出水来。这些大腿什么时候才能从眼前消失呢？

电影快要开演了，忽然一小群人蜂拥而上，围住冰棍箱子，卖冰棍儿的人可乐坏了。我们顺势被人群挤到一边，一片混乱中更不敢说话，说了也没人听见。照这样下去，冰棍儿会不会卖完啊？

卖冰棍儿的终于发现了我们，也许他早看到了，只是他的箱子周围从来不缺少这种仰脸痴望的小孩，所以视而不见。太不像话了！三个人中我年龄最大，我举着一捆小竹棒，张开嘴巴，努力挤出一句话："换冰棍儿，我们有棒子！"

我已经很大声了，他好像没听清，恰好又有人来买冰棍儿，他开箱子的同时顺便冲我们说了一句什么。

情形不像是可以兑换的，好像永远也换不成啦。我们不自觉地退了几步，一个个垂头丧气。头顶的太阳那么小，小得像个盘子，白白的，看不清却炽热无比；但又好像特别大，大到满天都是。马路正在冒臭油，沾在脚上，糊在车轮上，柏油蓝得发黑，我们还是回家吧。

卖冰棍儿的人果然没动静，然而有人行动了，斜刺里猛然闪出一人，用铁钳一样的手抓住我，另一只手也像铁钳子，抓牢那两个小伙伴，紧接着一声霹雳在头顶炸裂："谁让你们跑到这儿来的？！"

我看见我妈水洗过一样的脸俯视下来，焦急、愤怒和心痛的神情如乌云翻滚。一会儿不见，我妈怎么变成这个模样了？我们立即忘了换冰棍儿的事，吓得呆若木鸡。

我们出发的时候还不到中午，冰棍棒子那么多，以为换支冰棍儿还不是一霎儿的事情，可是踟蹰来踟蹰去，徘徊复徘徊，时间就晃到了下午！三个孩子的家长哭天抢地，一时搞不清人去了哪里。因为我最大，连我妈也认为是我带头出走的，那两个孩子不过是小跟屁虫而已。事实也确实如此，若论罪责，我是主谋，他们是从犯。问题是，我们犯什么罪了？不过是想出门去换支冰棍儿，用得着那么生气吗？

后来的事情想必大家都猜得出，押解回家的结果只能是一顿胖揍。当我妈松开我，向那两个孩子的家长道歉的时候，我立即像兔子一样惊惶地窜了出去。赤日炎炎，白菜地边建起的房屋被晒得发蔫，好像烟都冒完了，只剩下灰烬，一副待在日头下逆来顺受的样子。对我的失而复得，我妈或许很想怜爱地与我抱头痛哭，但惊吓和愤怒让她表现得太暴躁了，什么也不问，先打了再说！于是顺手抄起一把小笤帚，大头朝下，一路追着我，绕着那几户人家一圈儿一圈儿地在烈日下奔跑。还好，她实在不如我身手矫健，追了一阵儿，气哼哼、喘吁吁地回家去了。

我也很生气，大事未成，还被我妈追得上气不接下气，直气得山河浩荡。

我不记得两个小伙伴的样貌了，甚至不记得他们是谁家的孩子，巷子里的人风流云散，有的搬走了，有的留下来，有的死去了。可能他们也因此挨了一顿打吧，这么丢脸的事情我真不想再提起了。

后面大大

被安排在白菜地边，与什么人毗邻而居是没法选择的，比不得孟母三迁。

住在我们后面的是位王姓人家。搬家那天，瓶瓶罐罐还有大水缸，把我们都快累死了，但王家大妈好像比我们还忙碌，半天工夫激动得来了好几趟，前前后后，左左右右，热情地把我们的家底探了个仔仔细细，包括某口大缸某处有个新磕口，都被她看在眼里。

我和她不熟悉，似乎我妈和她很熟识了，有说有笑。一家子新到菜地，多多关照嘛，毕竟远亲不如近邻。等我们搬完了，王家大妈也结束考察，心满意足地终于肯回家了。

她只是来看看，并不打算出手相助，我想她是来喊加油来验货的吧。当然，也可能是我想多了，人家或许只是因为多了个邻居而高兴呢——偌大的白菜地，天空高远，行云倏忽，麻雀飞起又飞落，倚门而望的王大妈想必没有"无事此静坐，一日似两日"的心境，菜地尽头的工厂、街道和人家，离得那么远，与王大妈之间横亘着无边的空旷和寂寞。

现在前面忽然来了户人家，扯扯闲话串串门，日子好打发多了。所以很长时间里，每逢吃饭时分，王大妈必会端着饭碗来我家串门，一日三餐，风雨无阻，好像不这样就吃不下去。她吃饭迅捷无比，边走边吃，人还未进大门，吸溜吸溜声已经破门而入。汤饭如此，干饭在她嘴里也嚼得香喷喷的，让人直想扒开碗看看她究竟吃的什么好东西！我们揣测过她家的饭做得香的原因，无论大米烩菜、臊子面还是当地的打卤面，肉多，油大，几粒花椒、大料被油炸得黑乎乎的，让人看着就有食欲。但也未必，人间诸味一经她狼吞虎咽，不免给人美妙的错觉。

有时候她也让饭让菜，请我们品尝一下，我从来不吃。我见过她洗锅，不用刷子，一片看不出颜色的抹布把饭汤、油花尽数抹到水里倒掉，又抹第二遍。胡乱洗完了，这片抹布又被派去擦锅台，把锅台上的菜叶、饭渣和烧火的煤渣统统抹到地上去，然后在锅里涮涮。看得我瞠目结舌，这种锅里做出来的饭我可不吃。虽然我家的抹布也看不出本来的颜色，但好歹几块抹布各司其职，洗锅要用刷子，谷子秆扎成的！

王大妈不屑于区分抹布，香咂咂地吃完，也不返回家去添饭，把空碗压着筷子扣向怀里，抱紧了，倚在我家厨房门框上，面带微笑，悠闲地看我妈择菜、洗菜、切菜、烧水、煮饭。此种身姿一下子让人想到我们没搬来时，她这样倚门远望的孤寂模样。现在好了，她吃饱了，看着我家案板上的白菜土豆，她的嘴角微微上扬，同情、得意，还夹杂着一丝嘲讽，种种意味水乳交融。如果说花看半开、酒饮微醺是一种境界，王家大妈的这点儿心思怕也达到耐人寻味的境界了。倘或遇到我们的伙食略有改善，她便啧啧地假装羡慕，脖子伸得老长，目光从饭锅扫向菜锅，再扫向一个个碗里。这个时候我妈总会让让她："来，尝尝吧。"但她立即忙不迭地拒绝："不不不！"更加抱紧她的空碗筷，一副死也不要的样子。

等我们端着饭碗回到正屋，王大妈也随后跟来，不用人让，自己找个小板凳坐下，把碗筷从怀里拿下来再扣到膝盖上去，有一搭没一搭地跟我妈闲聊。偶尔我妈不搭腔的时候，她就从我们中间随便找个人来搭话。显然，她不是来说话的，她是来看我们吃饭、数我们牙齿的，我掉了几颗牙，她都知道。还对我说，上牙掉了埋门背后，下牙掉了扔房顶上，不然就不长了，留个小豁口走风漏气。害得我拼命把牙齿往房顶上扔。真不知道她哪里来的一大把闲时光，也不回去收拾锅灶。

我们不爱听她说话，因她每次闲谈必定会提起我的父亲，据她自己介绍，她是我父亲的同事，也是朋友，她说："我们那个队啊，就我们关系最好，我俩都是党员！"

党员身份每每让她觉得自豪，哎呀，党员才能参加生活会，党员才会组织学习！正午的阳光恰逢其时地透进屋里，照得她齐耳的黄头发熠熠闪光。阳光多好啊，自在、欢畅、无所阻拦。但关系到我们的父亲，我们就不喜欢看她乐不可支。我们姐妹不吭声，我妈哼哼哈哈，表示听到了。

王大妈又说："你爸是个好人，好脾气啊。"

我妈撇了撇嘴，不说话。后来告诉我们："什么好脾气，回家打鸡骂狗的，老嫌我身体不好，做事磨蹭，手脚太慢。"

王大妈继续说："你爸手艺精，啥也会，队里的人都服他……"也不知说到哪里了，她的情绪忽然急转直下，抬起右手擦了擦眼泪，我们也跟着情绪低落。在她的回忆里，父亲的光辉形象赫然屹立在我们眼前了，但我们不喜欢这件事情老是被人提起，不喜欢父亲在别人的叙述中不断地出现又消失。逝者已矣，"譬如朝露，怀抱留不住"。太阳升起又落下，白菜朵朵，花开无数，人活着应该往前看才是。况且，父亲趁我没记事就急匆匆地走了，太不负责任了，想想就让人气愤。

王大妈五官端正，不过在她害红眼病、哂笑别人、拉扯闲话的时候，就不好看了。特别是她讲起男女之事，一手扣碗，一手粗鄙地晃来晃去，着实让人讨厌。她自己却高兴得哈哈大笑。能怎么样呢，因为她是父亲的朋友，我妈让我们尊称她为"大大"。一般来说，大大是对男人的称呼，一个女人被称为大大不知是什么道理。我妈也不加解释。我们称王大妈为"后面大大"，表示她住在我家后面。她对"后面大大"的称谓倒十分受用，在她看来，我们是把她抬到了和我父亲一样高的位置。

一天早上，我们刚刚起床，后面大大急急火火地闯进来，这次居然没有端碗！看样子，大约她一大早就来我家门前探看过好多次了。看着朝阳升上天空,我们没有开门;麻雀叫成一片,我们没有开门;清圆的露珠在白菜叶上渐渐消失,我们还不开门,她恨不得拍门而入了。现在总算进来了,她激动地说:"我梦到你们的爸爸了!昨天晚上……"

梦到我们的父亲?她梦?凭什么?为什么!我们正在各自忙碌,所有人停下手里的活计,望向她。我妈盯着她,不动声色。可能是预期的效果出现了,我们史无前例的关注让后面大大愈加兴奋,一屁股坐在板凳上:"你爸爸也不知怎么出现的。我跟发癔症一样,以为他还活着。他叫我,我就跟着他走。走到一棵树下,他想对我说话。"

父亲说什么了?我妈一脸肃杀之气,大姐神情不定,二姐好奇得黑瞳闪闪。

后面大大拍了下大腿:"其实他也没说什么,只是指着那棵大树,让我翻叶子。那么大一棵树……"后面大大表功似的:"我就很不高兴,就算我是党员吧,也不能做这么无聊的事情,那么多叶子一片一片翻,能翻完吗?"

她望望我们,表情瞬间又转为重任在肩的模样:"醒来后我想明白了,你们的爸爸是希望我拉拔你们啊!"

她眼睛里散发出恩赐的光芒,郑重地重复道:"他是想让我拉拔你们啊。"

她说完了,屋里一片静默。少顷,我妈没好声气地往外赶我们:"都盛饭去!"于是大家默然走开了。呀,太不给人家面子了。后面大大不免意兴阑珊。我妈淡淡地问她:"她大,吃过饭了吗?小米饭,刚做好的,给你盛一碗吧。"

彼时我们家住的是新房子，新砖新瓦，亮堂堂的，但房子后墙潮湿得很，一片一片的霉斑颇像莫奈的画作。我写作业的时候盯着那些印象派画作，灵感迸发，思如泉涌，草原、雪山、江河湖海，泠泠淙淙。遇到阴雨天，霉斑的色彩加深，大有长势，那些江海潮涨潮落，简直到了"墙润而雨"的地步，这一切都拜后面大大所赐。

我家用一间半破屋换得三间明亮的大瓦房，党员都得不到这个好处，我妈说后面大大不免眼红，借口不宜动土，在我家盖房的时候，死活不肯铲走她院子里挨近我家后墙的那层厚厚的煤渣。建在煤渣上的地基就不牢固，还易受潮。过了好些年，我们叉着腰立在她家院子里，才把煤渣换成黄土。所以说，她不欺负我们，不犯红眼病，我们就感恩戴德了，哪儿还敢指望她拉拔！父亲所托非人，翻叶子的重任还是交给我们自己好了。至于她老往我家门口堆点垃圾、倒点脏水，我们就忍了。等我长大后无比勇猛地挥舞着大扫帚自卫还击，她才偃旗息鼓。

后面大大有一子五女，都比我大很多，所幸他们像自己的父亲，还算本分。那个老头儿细高个儿，沉默寡言。后面大大在院子里泼妇似的吵闹不休，老头儿却一声不吭，不停地敲打手里的银器。他是个银匠，上班敲打，下班也敲打，干点儿私活贴补家用。巷子里的人说，老头儿每天刮刮银器模子，就刮出了后面大大手腕上的银镯子。

老头儿早就去世了，后面大大也已经九十多岁了，瘫在床上不能自理，瘦成一把枯骨，看着让人难过。人到老病无他事，再也串不成门子了，眼巴巴地等着我妈隔两天就过去，坐在她的床边，听她胡说一通儿女不孝的闲话。那情形，照例是她哭诉一段儿，我妈岔开一段儿，各说各的。说什么不要紧，也不祈求心灵相通，两个老人做了多年邻居，看看彼此还在，就安心了。我妈说："她胡说，你就胡听，由着她吧，反正也没有多少日子啦。"

哎呀，妈哎，这种大实话也敢乱说？让人家儿女听见可不得了。

祭 祖

七月十五中元节这天,是约定俗成的鬼节,鬼们要赶回家,接受许久不见以及从未谋面的家人的祭拜,闻点儿人间烟火气息。到了晚上,天心一轮圆月,清泠泠的月色穿山越岭照彻人间时,他们就该回去了,呼呼地往来穿梭,云林露气清,萧爽入毛骨。

这个隆重的鬼节,气候很宜人啊。有的地方还搭起戏台,明月之下,咿咿呀呀地唱戏,这是专唱给野鬼们听的。老人们说,这一天天黑以后,人就不要在路上游荡了,有的野鬼不规矩,一日贪欢,流连忘返,看到身体孱弱或是带着一副倒霉相的人就会扑上去,走夜路的人容易惹上不干净的东西。幸好大多数的鬼还是守规矩的,他们也曾经是人,懂得做人的艰辛,所以规规矩矩地来,规规矩矩地去。

人们祭祖通常在前一天,即七月十四的晚上,剪两条黄表纸,贴在大门两侧,做好迎接祖先魂灵回家的准备。一般情况下,鬼是进不了家门的,因为门上有门神,我们这里通常张贴秦琼和尉迟敬德的画像,顶盔贯甲,怒目而视,人见了也会害怕,别说鬼了。贴黄表纸是为了告诉二位门神,我家祖先的通行证我交来了,请予放行。

祖先们进得门去,大约长辈架子就端起来了,背着手各屋溜达溜达,看看子孙们的表现,若能克勤克俭清白做人,慎思慎行耕读传家,他们就会乐滋滋的。有时候,院子里无故刮起一阵小旋风,我妈就会说,祖先的魂灵回来了,回来看看。是夜,我会紧紧跟在我妈身后,寸步不离。

除了鬼节,中秋和春节,祖先们也会集体赴约,堂而皇之地享受供奉。尤其在春节,人们早早准备好各种各样的美食,炸丸子、炸麻花、炸馓子、炒猪肉,香气一直弥漫到空荡荡的白菜地边……年货准备好了,兴冲冲地送旧迎新,祖宗也不能忘,接过来住几天,我们这里到正月初五才送走,算是一种孝思吧。

和人鬼一起过节的还有诸神,比如财神、灶神、土地神。有的人家在门洞内侧的墙上凿个小洞作为神龛,供奉神位。也有的在院墙当中凿洞,不知各自住着什么神仙。灶神永远待在烟熏火燎的锅台上。有一回,我在某个人家看见供桌上方挂着一幅画像,画中人似是清朝装束,端正威严,大约是这家的祖先吧。画像平时卷起来,逢年过节挂出来。总之,鬼神同在,共享祭拜,其乐融融。

我家在正屋固定的位置摆一张大方桌,一整张黄表纸铺开,纸上各牌位表示各代考妣。最老的祖先居中,其余诸位以左为上，右为下，依照顺序扇形排列。那种牌位一律木制，细长条状，正面糊一张黄表纸，上书诸位先人的辈分名讳，我家从老爷爷开始。因为年代久远，有的字条已经破损，只好扔掉重写一张。二姐写过，我也认认真真写过，用蓝黑墨水，玩儿一样写得很开心，可惜字有点丑。

祭祖的饭早做好了，早晚三小碗细汤面就好，午饭却很丰盛，有荤有素，杯盘罗列。祭祖的酒多年来用的是那种装在扁扁的绿色瓶子里的竹叶青，三杯两盏淡酒，连杯盘都是豆绿色粗瓷制成，形制古朴，不知是哪个年代的东西，估计是某个土窑胡乱烧制的，后来不见了，无从查考。再后来连竹叶青这种名字很有诗意的酒也渐渐少了，改成了汾酒、潞酒，总之，我们供奉什么，先人们就喝什么。

他们吃着喝着，我们则在桌前拈起一炷香，挨个磕头。我妈说神三鬼四，磕头的时候要神情庄重，心意虔诚，每人磕七下。三姐妹依序趴在小蒲团上默念，各位神灵，请收下我们的膝盖吧。

我妈分香时特别专注，慢慢的，恭恭敬敬的。有次我大姐领头叩拜，很豪爽地拎起酒瓶咕咚咕咚倒满三小杯，酒水都洒到黄表纸上了也不管，顾自分香。一排香十根粘在一起，大姐想学着我妈的样子一根根用指甲劈开，结果劈一根断一根，一赌气不劈了，全点着，冲着桌上诸位鬼神胡乱晃几下，插到香炉里，然后趴下鸡啄米般点头，一边磕头一边嘟囔："好吃好喝，吃好喝好。"

大姐身为老大，把祭祖这么严肃的事情搞得又欢乐又荒唐，我们也跟着嘻嘻哈哈乱拜一通，想必祖先们对这帮兔崽子也没奈何。从此以后，我不再对祭祖之事心怀恐惧，当然，也不觉得悲伤。

我家的祭祖活动比别人家多，除了过年过节，我们还会在各位先人的生辰和忌日祭拜。掐指算来，差不多月月迎来送往，无一遗漏。不消说，除了我妈，没人记得各位祖宗的生辰和忌日，每次都需我妈及时通知，家族成员才会提一份供品上门。我小时候特别盼望祭祀的日子到来，因为这一天供品丰富，糕点、水果，还有平时吃不到的炒菜，不等供献完毕撤下来，我便忍不住偷偷捏一点儿吃。我妈骂我："小心祖先半夜捏你的鼻子。"

老实说，供奉过的东西味道寡淡，难道祖先们真能闻其味而察善恶吗？可是，家里有危急之事需要他们庇佑的时候，他们又淡淡漠漠地袖手旁观！

祭祖的最后一道程序是送神。大多在黄昏时分进行，又得磕一轮头。我们依次趴下去，磕完了把供品悉数撤掉（可以吃好几天，虽然已不大好吃），再将黄表纸卷成一团，连同先前备好的元宝、铜钱、纸扎，还有一叠五色冥纸，大约算是绫罗绸缎吧。我妈说，爱穿什么样式自己做去吧。大门上的通行证也要扯下来，统统扔进瓷脸盆里烧掉，余火尚存，纸灰飞扬，都用祭酒浇灭了，好了，各位先人多多保佑吧。一盆纸灰端出去，走到僻静地方泼在地上。

夜晚已慢慢来临，星斗满天，夜色笼罩着寂静的白菜地。烟气袅袅，露水清清，逝去的人，永远都不会回来了。

再来说说纸品。我妈真是学懒了，很少亲手制作东西了。以前每到祭祖的前几天，一家人便开始忙碌，摊开桌子，找来专门印纸钱的模具。那个木制模具大概30厘米×40厘米，上面雕满纸钱图案。这个模具可能是我家的，也可能是别人家的，邻居们借来借去，忘了来处，也不知归处。印钱要用红墨水，有时也用蓝黑墨水，软毛刷子在墨水瓶里蘸过了，在模具上来回涮遍，把黄纸白纸覆盖上去，手掌唰唰用力抹几下，揭下来就是纸钱。古老的印刷术就是这个样子吧。

我妈负责印制铜钱，一大张黄表纸对折再对折，直到折成五六厘米宽。纸太厚，剪刀又有些钝了，一灯昏黄，她老人家在灯下歪着脖子，剪起来很费力气。剪完了，展开，啊，十五贯！跟变戏法似的。我十分怀念一家人围坐在一起，亲手制作纸钱的情景，在清贫的岁月里，它曾带给我们多少快乐啊。

后来，市面上出现了各种冥币，长得跟人民币差不多，面额动辄上亿，难道冥国也有通货膨胀吗？人们出手阔绰，一买就是厚厚的一叠，很大方地烧给祖先。我家也买，自己印的那几贯铜钱太寒碜了，会使祖先们囊中羞涩的。

我以为，祭祖这件事情，不能简单地看作封建迷信，应当视为一种民俗文化。它在一定程度上能够规范人们的道德，约束人们的行为，使人有所敬畏，"慎终追远，民德归厚矣"。

吃盘子

做米饭,有时候我喜欢做一大锅烩菜。那种烩法,南方朋友无法想象。有个在南方大都市里生活的朋友,起初告诉他我吃炒面,他诧异得双目圆睁:"面,怎么能炒呢?"后来告诉他,我做的烩菜很好吃,各种蔬菜(也可加肉)统统烩在一起,加水,咕嘟咕嘟诸菜翻涌,滚烫的一锅,啊,想想都让人垂涎。尤其在冬天,寒风呼啸,吹得人像镂空的,像透明的,又好像吹成了一整块冰冷的石头,这个时候如果能在温暖的屋子里,捧着大碗呼噜呼噜,热饭热菜吃得又快又香,好了,装满一肚子热乎乎的东西鼓腹而出,再凛冽的严寒也不怕了。

"所有的菜炒一块儿?"朋友表示不能理解。要知道,当时的他已届不惑之年,居然还这样大惊小怪。人家说,我们吃饭比较精细,比如吃早饭,要一个煎蛋,一小碟虾仁,一小碟青菜，一根酱黄瓜……总之要摆五六个碟子。

噫，不嫌麻烦，一大早就吃盘子！

"吃盘子"的说法让朋友几乎昏厥过去。

其实我是故意的。"吃盘子"这种说法追溯起来源远流长，不过现在人们的物质水平提高了，精神生活也丰富多彩，那么土的叫法我们已经丢弃了。

那个时候，不止白菜地边，小城大多数人家吃饭都比较简单，肉卤面条、大米烩菜唯有在节日或其他重要的日子，才会作为改善伙食的重要标志闪亮登场。所有人兴高采烈地去割肉，洗海带，淘豆芽，择蒜苗，像举行一场盛大的仪式一般，全家人头碰头喜气洋洋吃得满面红光。我妈做的那种宽而厚的拉面，我们称作"门扇面"，浇一勺豆芽海带肉卤，齿颊留香。如果有邻居来访，我妈总要客气地让一让。其时，来串门的人大多也端着一大碗卤肉拉面，只是面的宽度、厚度不同而已。

但这还不是当时最引人入胜的饮食。听说条件好的家庭开始炒盘子了，各种菜不烩一块儿了，单炒，比如青椒肉片，比如尖椒土豆丝。虽然都是土豆，但做法不同了，身份也不一样了，人家尖椒土豆丝或者醋溜土豆丝可以堂而皇之地登上宴席，很体面地被盛在盘子里，成为生活水平提高的象征。当然，肉菜还是硬菜，肉丝、肉片、炖肉块、肉丸子，受贫穷所限，我想象不出还有什么菜品，一律笼统地以炒盘子代之。

后来生活条件好了，家家盛行炒盘子，仿佛吃盘子是一种高端大气的生活。平心而论，我妈炒菜的水平不怎么样，颇像是把烩菜分开了装上盘而已。炒豆腐、炒白菜跟水煮的一样寡淡，难得炒回肉片，切得厚薄不匀不说，还比较咸，但在当时已经很满足了，只因为吃的是炒盘子！对美好生活的向往，让大人小孩一齐犯了形式主义错误。我家一年到头祭祖活动比较多，每逢祭祖的日子，总会做几道炒菜，住在后面的王大妈抱着吃完饭的空碗，倚在我家厨房门框上，啧啧赞叹："好饭啊，吃好饭啊，啧……"看在要吃盘子的分上，我们大度地置她的嘲讽于不顾，兴高采烈地在她的注视下做自己的事情。其实祭祖的目的在于缅怀祖先，但我们吃得这样快乐！我妈只当没听懂王大妈的弦外之音，笑眯眯地说："是啊是啊，吃盘子啦。"

那时候，只要提到吃盘子，白菜地边的小孩们就会咕咚咕咚咽口水。在不是节日的日子里，一旦听说谁家办席，小孩们就很高兴，因为又有盘子吃啦！

办席分两种，一种当然是喜事，娶媳嫁女，非好好地热闹一下不可。办事的人家不用刻意通知街坊邻居，因为提前一周他们就开始到处借东西了。借桌椅板凳，圆桌子、方桌子都行，板凳不拘高矮悉数借了去，若借到品相好的必定设为上席。借杯盘碗筷，邻居们拿出平时不用的家什慷慨相助，巷子里帮忙的女人们蹲在大铝盆或者大铁盆旁边洗碗筷，有说有笑，平时的嫌隙都抛到九霄云外去了。等到洗干净了，把碗一个一个扣好，一重一重弯在另一个大盆里，筷子插在有缝隙的地方。

男人们则干些重体力活，比如搭灶生火。炒盘子离不开大灶，有的大师傅用红砖现搭，用完再拆除。炉灶搭得好

的，木柴点燃了，又黑又亮的煤炭放进去，火苗呼呼地冒上来腾挪舞蹈，增添了喜庆的气氛。嗯，我们山西就不缺煤！

用大灶就要用大锅，洗锅也是个体力活儿。我见有人洗大锅，用一把大扫帚，应该是新的吧，在加了水的大铁锅里刷来刷去。那么大的一口锅，栽进去几个小孩不成问题，要几个人才能抬起来把刷锅水倒掉吧。我看了很久，见他们并没有端锅倒水的迹象，而是用瓢舀出来泼掉！好在吃面条的时候我已经忘记了这种不讲卫生的刷锅法，依然吃得很香。

大锅用来下面条，来客众多，好像一整条巷子的人都来参加宴席了，扶老携幼，笑语喧阗，锅小了不赶趟儿。炒菜毕竟有限，一人夹几筷子就没了，管饱还是得靠面条。面条可加肉卤，也可加素卤，做饭的大师傅撸臂揎袖在长案子上剁肉、切菜，叮叮当当切成丁状，各炒一大锅，漾漾地齐了锅沿。人们在槐树下取碗，到大锅边等着捞面。通常有两个系大围裙的男人专司捞面，头也不抬，捞起来见空碗就倒，好像锅里的面条永远也捞不完似的。有的人家人口多，肚子大，干脆派个代表端着自家的锅，捞一锅回去吃。这就有些过分了，然而欣逢喜事，主家笑眯眯的，并不计较："管够，管够！"

面条虽然可以果腹，但吃盘子依旧是人们参加喜宴的重头戏。不到开饭的时候，人们已经挤挤挨挨地坐好了。通常一张桌子上不止坐十人（上席除外），大人中间夹着孩子。孩子实在太小就抱在怀里，大一点的站在大人两腿之间。一道菜上来，不论什么菜品，纷纷举箸，霎时盘空。如果有幸遇到一只鸡，转瞬之间便只剩下一副嶙峋的骨架，肥瘦都看不出来。当然了，抢得快有时候也是很合理的，比如拔丝红薯，即上即吃，讲究快、热、香、甜，吃得慢了，红薯带糖在盘底凝结成一块，似乎得用刀剁才行。这是我最爱吃的一道菜。此外，据我所见，那时办席，没有水陆杂陈的华筵，不过比平时丰盛一些罢了。桌上人多，各人分到的也就一口。手快有，手慢无。我跟着我妈吃过几次席，我妈反应慢，我年幼抢不过别人，往往连什么菜都没看清楚，盘子就空了，真正沦落到了吃盘子的地步！后来再也不上桌了，不喜欢轰轰烈烈地跟人抢盘子吃，在槐树下吃碗面条好了。

就算吃碗面条，也必须上了礼钱才去。那时礼钱不高，少的五毛，多的五块，一两块的居多。我妈好面子，勒紧裤带也要凑出一两块来，以便吃得坦然。能上五块的当然是家境殷实的人家，被请到上席浅斟慢饮，举止斯文，气度雍容。不过，无论礼钱多少，白菜地边众生平等，菜品都是一样的，不像梁实秋文章里提到的："上一钱者一菜，二钱者二菜……五钱以上遍肴，一拨吃完退出去一拨再上，像以物出物的楔子一样，后来者把前一批客人生顶出去。"如此这般，礼多者尊贵，礼少者卑微，吃得人讪讪的多没意思！

另一种席是白事。没什么好说的，烛火摇摇，黑幔飘动，举座不欢。人们愁容满面，默默无言，时不时地陪着主人掉几滴眼泪，唏嘘几声，哪有心思吃盘子。通常只有出大力帮大忙的人才会在完事后坐下来喝几杯，吃几口，以慰辛劳。席上的菜没什么味道，面条虚弱，卤子没有颜色。我奶奶办丧事的时候，我噙着眼泪吃面条，居然不小心咬到了一颗大料，一连好几天，大料的味道都挥散不去，难受了很久。所以,吃白席的人特别少,人们是为了悼念死者安慰生者而去的,不是为了去吃盘子。

　　现在生活富足了,顿顿都有炒盘子,吃盘子的热切盼望已经没有了,比如参加婚礼宴席,礼钱成百上千,据说土豪动辄百万。上了礼,一家只去一个。面对美酒佳肴举箸四顾,然后礼貌性地各夹几口,态度淡澹,一派超然物外的高人风范。

　　以前婚宴中熙熙攘攘抢盘子吃的快乐哪儿去了?那时候,日子贫困,人们却活得热气腾腾。谁家有了喜事,整条巷子里的人都跟着喜气洋洋。娶媳妇嫁姑娘,从来不是一家一户的事情,巷子里的人,谁也不肯闲着,无论如何要搭把手,邻里一家亲,好像提前过上了共产主义生活。

齐家大院

生活中，总有一些地方在你还来不及了解的时候，便连同那里的人们逐一消失了。

我家附近就有这么一处所在。照理说，同样住在白菜地边，从最初的白菜绿芽三两片到大朵大朵成行成列，再到一望无垠的空旷，各个时期的风声雨声夹杂着各种气息同样浩荡而来，叩窗而入，鸡犬常相闻，形容俱可见，我们不是住在一块儿吗？但那个地方和那里的人硬是不同，仿佛独居桃源，从生活形式上便与我们分隔开来。

首先从地势上看，在我们院子的东面，平坦的大地好端端地丰隆而起，一小段缓坡渐升渐高，竟然高出一米多。高山平原，自然造化，本来也没道理可讲，那片房子只是恰巧建在那里而已，可是它们居高临下，就有了点儿优越感，我们看它们的时候，不免要仰起头来。

我们住在巷子里，它们高高在上，中间横亘着一个长长的水泥台子。小时候，这个水泥台子高出我头顶很多，大人们说水泥台子危险，不许我们跳上跳下。可是，对于大人们所说的危险事情，小孩子总想尝试一下。我和我的小伙伴们常常爬上去，在上面风一样跑来跑去，精力充沛得无处释放，有一次还互相怂恿着往下跳，我勇敢地跳下去之后，左腿就脱臼了。

跑累了，我们就在水泥台子那端高高的围墙下聚成一堆，仰着头开始猜测住在围墙里面的人家以及他们的生活。他们那一拨里面是不是也有个机灵霸气的孩子王？大家会把零花钱攒起来买江米球吗？会像我们一样按人头发放，不够的话掰成两半吗？——很小的时候我们就有大块吃肉、大碗喝酒的江湖气概了！墙那边的他们也会成群结队地跑来跑去吗？有时候我们静静地不说话，想听听那边的动静，可是等了半天也没听到什么声响，大家便一哄而散了。

大人们也常常议论围墙里面住着的人家以及他们的生活。他们管那个地方叫"齐家大院"。他们说，齐家大院的人想吃肉就有肉吃，肉菜配着小米吃；想骑车就有车骑，每家好几辆飞鸽或者永久！可惜种种传闻无稽可考，难辨真伪。不过有一件事情很多人都可以证明，就是齐家大院时常会传出"路边的野花不要采……""李家溜溜的大姐……"之类的歌声，以及一种叫吉他的叮叮咚咚的弹拨声。歌声和吉他声比巷子里大妈们掐腰吵架、打鸡骂狗的声音好听多了！

不知吉他为何物，我们这帮小孩子都觉得白面大肉比吉他更令人垂涎,那些弹吉他的小孩一定不会因为想吃白面馒头而被打得鬼哭狼嚎吧。说到挨打,小伙伴们纷纷乱掀衣衫,痛诉自己挨打的历史,怪父母太狠心,巴掌印那么深,很痛啊。可惜掀了半天衣服也没找到挨打的痕迹。有的孩子屁股上挨了打,不好意思给人看。孩子们一致认为,自己不是亲生的。相比之下,齐家大院的孩子们多幸福啊。

除了幸福的孩童,齐家大院还出了一个远近闻名的大美人。有段时间,大妈们像打了鸡血似的奔走相告,说齐家大院有个长得水灵灵的姑娘正待字闺中。

大妈们有的是时间,有的是耐心,她们一年年盯着谁家花开,谁家树成,若是某个人家的孩子到了谈婚论嫁的年龄,大妈们就会热心地拉纤说媒,往来穿梭,千方百计地想玉成好事。齐家大院的姑娘貌美如花,登门说媒的人自然就多。我们巷子里的妖大妈也兴冲冲地去过,只是回来后灰头土脸。妖大妈妖答答地撇着嘴说:"心气太高了,单眼皮都不行,看她找个什么人!"

妖大妈一语成谶,几十年过去了,人们说漂亮姑娘直到三十八岁才胡乱找了个人嫁出去。芳华已逝,美人迟暮,可惜我一直没有见过。

其实妖大妈不必妄加褒贬,清水巷和齐家大院的人,生活是有贫富之别,快乐却无高下之分。我们班里就有齐家大院的孩子,生活条件确实要好一些,他们屁股后面就没有一圈一圈的同心圆大补丁,他们的衣服都是"囫囵贴贴"的(大妈们形容完整无缺的东西爱用"囫囵贴贴"一词)。其中有两个女同学,一个姓齐,一个姓原,学习成绩始终占据着班里的前两名，排在第三的我很想超越她们，却总是超不过。原同学考第一的时候居多，当了班长，态度不免有些倨傲，择友有高标，只和学习好的同学玩儿。暑假的一天，她跑来邀我去她家写作业。其实我和她没什么交情，我们之间总像隔着层东西，但人家诚邀之至，我却之不恭，只好跟着她走向闻名已久的齐家大院。

她们所在的巷子，一进巷口地势便渐渐抬高，快到巷子尽头时，一个阔大的方门洞立在眼前，这么大的门洞，大卡车都可以轻松地开进开出。门洞开在老墙上，墙壁用灰砖垒成，涂过白灰，多处墙壁已剥落，剥落处青灰相间。墙缝里风化了的砖灰细细的，和我们的土墙一样，人们有时会用这种老墙土来止血。

走进门洞是一个过道。过道很宽敞，左边墙角放了一小堆细木头，大约是为盖房而准备的木料。除此之外，再没有乱堆乱放的东西以及乱搭乱建的建筑。从我所站的地方，看得见两个墙角苔痕碧绿，小草招摇，想必还有蒲公英吧，说不定那堆木头放久了会长出蘑菇来。过道不长，再往里走，房子出现了，大小不一，高低错落。院落的布局以及房屋的样式，我现在已没什么印象了，出出进进的人当时也没觉得有什么不同。

原同学的家不是很亮堂，我们走进去的时候，床上好像躺着一个人。原同学也不介绍，直接带我走到光线比较充足的圆桌前，摊开作业本。她很严肃，害得我大气不敢出。写了一会儿，门帘啪嗒响了一下，轻盈地跳进一个身影来，紧接着一声嘤咛："夫——人。"来者是个大姑娘，双手摆了个造型，风摆杨柳地向着床边飘了过去。

这种身法后来我上初中时练过，大腿不动，两个膝盖夹着一本书，只移动小腿，在讲台上飘来飘去。据说原本应该夹鸡蛋的。我们是在课间练习，四周喧闹，并不觉得怪异，当时原同学家却一派安静，忽然有人唱起戏来，着实太突兀了。我停下笔抬头看了一眼，大姑娘已袅袅婷婷地飘到床前，一跺脚一拧身又是一声："夫人……"

这就是戏中的念白吗？那姑娘捏着嗓子念了一串，大意是说，日上三竿了，快起床吧。床上的人也转过身来，流水叮咚一番对白。

原同学家的家具原本普普通通，但因为唱戏的气氛，我觉得那张床高帏红帐，俨然一种明清气象，床上铺着绿缎子黄缎子，躺在上面不会梦鬼吗？回头看了看原同学，她还在低头写作业，像什么也没听到什么也没看到，似乎这一切都是我的幻觉。霎时觉得恍恍惚惚，似梦似真，可是照在身上的阳光暖暖的，显然这一切并不是幻觉。忍不住扯扯原同学的衣角，指着床边咿咿呀呀的两个人问："她们是……"

原同学瞥了一眼，见惯不惊地回答道："我小姨和我妈。"

作业终于写完了，出了原家，一路跑过长了青苔和小草的过道，跑过大门洞，跑出齐家大院，微风拂面，市声喧嚣，这才是我熟悉的烟火世界。

原同学出身梨园世家，她家那种气氛对我来说是陌生的，她的冷傲，我也不喜欢。同样生活在齐家大院，齐同学就平和多了。齐同学瘦高个儿，扎着两根细细的小黄辫子，典型的黄毛小丫头，性格开朗，有一次跳皮筋时对我说："昨天晚上我在自己屋子里听收音机，我哥哥……"

后来她说什么，我就没有好好听了。她有自己的收音机？还有自己的小屋？我屏住呼吸，神思恍惚起来。据我所知，清水巷里每户人家最多只有一台收音机，天天中午"花开两朵，各表一枝……"她居然还有自己的小屋子，那一定有自己的小床喽！不像我们，姐妹们同卧一张大床。夜里月光皎洁，透过挂着花布窗帘的窗子照进来，屋里月影斑驳，明暗闪烁，一派诗情画意中我大姐却大煞风景地训我："吃韭菜了吧，扭过头去！"

明月之下，宜清谈，宜品茶，宜饮酒，宜赋诗，宜对弈，宜夜读，再不济也宜安睡，无论如何不宜训人！倘若我像齐同学一样有间独立的小屋，想吃韭菜就吃韭菜，想吃大蒜就吃大蒜，横着躺躺，竖着躺躺，望着白月光可以大声唱"让我们荡起双桨……"

至于齐同学的哥哥究竟怎么了，不要紧，后来我都亲眼看到了。

某个午后，跟着齐同学第二次进入齐家大院。她哥哥躺在大屋的床上满脸通红，哈哈哈，哈哈哈……一个人没完没了地大笑，显然喝高了兴奋不已。其实人喝多了不发酒疯，只是大笑，也算酒后有德。我们进去的时候他在笑，我们玩了半天，他还在笑，我要走了，他依然在笑。一个人笑久了，腮帮子不发酸吗？齐哥哥真是好功夫，整个下午笑个不停，满屋子回荡着他的笑声，美酒三百杯，恐怕连朝笑不歇吗？听得我也跟着笑了好久，无缘无故地跟傻子一样，都忘了看看齐同学的小屋是什么样子了。

屋子里还有齐爸爸,正端着一碗饭。不知道为什么他那么晚才吃饭,就剩他一个人在吃饭居然还不紧不慢。齐哥哥的疯笑并不影响他从容进食,吃饭中间还不忘关心我们的学习。吃了一会儿,他忽然端着碗站起来,叉开双腿,这是什么姿势?吃个饭需要这么仪态万千吗?真让人诧异。我正在纳闷,忽然听到他双腿间很清晰地发出噗噗两声!

我那时年幼无知,不知道扪虱而谈的典故,不然,就会将齐爸爸的做派归为名士风度。可惜当时只觉得丢人哩。齐爸爸不觉得丢人,笑呵呵地坐下,很惬意的样子。

清水巷里的穷人们也免不了有三急,但是当着客人的面,不会如此放荡不羁吧,但也许是我没有遇到过。总之,齐家大院的人跟我们不一样,那个地方,我后来再也没有进去过。斗转星移,岁月变迁,齐家大院不复存在,原同学、齐同学也不知所踪。

二姐夫

是夜，月色如水，夜气寒凉，这样的夜晚，宜清养，宜简淡。于是，洗两根顶花带刺水灵灵的新鲜黄瓜当晚饭，我决定在秋天里清减肚子，和贴秋膘反其道而行之。不过遇到调和饭，就什么都不管了。

调和饭也叫"和子饭"，山西人想来不陌生吧。土豆、南瓜切块，最好是新鲜的，豆角则不然，乡间晒干的干豆角风味更佳，花生米也可以放一些，跟小米一起熬匀了，再加一把细细薄薄的豆面面条，用西红柿炝锅调味，最后撒一把香菜，好了，色彩斑斓，香味浓郁。这样的饭吃下去，好像装了一肚子霜风露气与植物清香，甚为舒坦。倚着沙发坐在地上，呼呼先吃两碗，十分钟后再吃一碗，然后鼓腹而立，低头自顾，唉，没有一点儿窈窕淑女的样子。我家的碗都是大碗，一个堪比南方人家的三个碗大，三大碗下去，肚子豁然凸起，捧着肚子去找夫君："看看，看看，我又吃多了！"

夫君就爱吃我做的调和饭，对我的厨艺评价很高，说简直可以开个特色饭馆了。他又欣慰又同情地拍拍我的肚子："吃这么多做啥呢？"

我吃得多吗？我吃得多吗？我二姐夫那才叫吃得多！

二姐夫是从哪里来的，至今疑惑重重。这么多年过去了，这个问题似乎已没有追究的必要，反正后来牵扯来牵扯去发现世界真小，千里万里一回头，啊，原来我们的远亲和他的远亲是认识的。

二姐大学毕业后，很快参加了工作。那时的大学生还是幸运的，一毕业就能找到工作。二姐的人生成功了一半，家里洋溢着欢乐的气氛。那天黄昏，院墙上摇曳着夕阳温暖而动人的光影，远山横黛，燕子斜掠。连燕子都要回家了，我妈却不知跑到哪里去了，情绪好得也不着急做晚饭。我独自在厨房里择菜，择完，扫了菜叶往大门口走去。

大门洞里放着垃圾桶。倒掉菜叶子，眼角的余光发现大门外站着一个人。彼时巷子静，槐荫浓，可能是路过的人吧，我顺便扫扫大门洞。扫完了，发现这人还在，找谁呢？看来看去不像我们家任何一个亲戚。见我看他，年轻男子想问什么又迟迟不开口，只是倚着自行车，眼光向我后面望去，好像他等的人会自动跑过来似的。暮色透过前排人家的槐叶，斑斑驳驳地洒在他身上，他兀自在光线里踟蹰不已，看情形已鹄立多时了。

他想干什么？我忽然警觉起来。院子里只有我一个人，哎，幸好是我一个人！二姐粉团团的，温柔如水，她要一个人的话该有多危险。我就不一样了，又黑又瘦又凶悍。我端起架子，眼睛瞪得溜圆，凶巴巴地走上前去。倒不是我的样子吓着了他，老站在人家门口总得有个说法吧，年轻男子小心翼翼地问道："你二姐在家吗？"

找二姐的！难道是二姐的对象？二姐搞对象了吗？趁我不在做的好事啊！这么快又要嫁走一个吗？想想就让人生气。我仔细看了看他，青发簇簇，一张大方脸还算白净，但轮廓硬邦邦的，一点儿也不帅。我没好气地回答："不在！"说完气呼呼返回厨房。

可能是我的恶劣态度激发了这个男人追求幸福的勇气，他居然跟了进来，自己支好车子。四下看看，每个屋子都静悄悄的，没人招呼他也不敢乱闯，干脆过来跟我这个小丫头斗法。

二姐的对象找上门来了，而我妈说不定正在别人家当月老吧，这些日子她老人家忽然有兴致赚起说媒的钱来。可惜这个钱不好赚，有一回给邻居姑娘做媒，相亲的小伙子次日又来找我妈，喝得满面红光，哼哼唧唧要改弦更张，声称我妈介绍的不要，他要找小闲。小闲还不满十八岁，每根眉毛都在滋滋地生长，血气方刚，一听之下怒不可遏，拿起笤帚就把他打了出去。

眼前这位大哥找的是二姐，说不定二人早已情投意合，我是不好挥起笤帚轰他出去的，顾自洗菜好了。

见我爱理不理，他看看水缸再看看锅台，局促不安地站也不是，坐也不是。前景堪忧啊，对象的态度尚且不知，未来的小姨子先这么难缠！想来想去他老人家不免有些生气，扑通一下坐在锅台旁边的长条凳上，两手不停地搓来搓去，两腿抖得像风中的两棵小树，裤脚宛如树叶，哗啦哗啦给他鼓劲。我看不出他是紧张还是气愤，反正，他是不走了！

我开始烙饼，那时候我学会了烙葱花饼。我妈和好面，案板也铺好了，我只需擀开一个个面团，放到锅里两面烙烙就行。锅里的油已经热了，放面饼的时候不免紧张，啪地扔进去，油花四溅，锅台上星星点点。我躲得快，可怜长条凳上的人没有防备，忽然中招，可能油花溅到手上了，他忍不住甩甩手说："饼要顺着锅沿慢慢放进去，才不会烫伤人。"

啊，看不出来，还是个练家子嘛。烫着了人家，我有些过意不去，但还是不想跟他说话，噘着嘴开始照着他说的方法去做，果然既安全又稳妥。

那个油点子一直让我深感愧疚。早知道他要成为二姐夫，我烙饼时肯定会多加注意的，当时态度那么恶劣，悔之晚矣。后来我一见他就拍肩揽臂，要好酒有好酒，要好茶有好茶，封口似的总怕他旧事重提。幸好二姐夫不计前嫌，有个小姨子和他称兄道弟也是一件乐事吧，有时高兴了他就叫我"小肥皂"——我们这里管肥皂叫"胰子"。

那天没烙几张饼，二姐回来了，但情形看上去也不大好。二姐不冷不热，冰美人般客气，远不及我妈热情。我想这和我大姐夫有莫大关系，谁让他长得过于帅气，以至于我们找对象一律以他为标准呢？幸好二姐夫从不气馁，凡是好花都难折,"檐牙,枝最佳,折时高折些",慢慢来吧。

后来的日子对我们而言,平平淡淡地流过来又流过去,大家依然忙碌着,只有想做我二姐夫的那个人为情所困,深受相思之苦。有一天,有人给二姐介绍了另一个白净的年轻男人,据说在某神秘单位工作,条件优越。这事跟我没有关系,我只顾低着头吃虾片。我妈专门炒了四个菜招待客人,有一盘虾片,未炸时红的绿的圆而透明,入锅一炸顿时膨大,入口即化,味道真的像虾一样鲜美。至于二姐找对象的事,因为那个油点子,我很想通知长条凳上把腿抖成树叶的那个人:"快来吧,有人抢你对象啦!"

后来当然没有抢成,在神秘单位工作的男人找二姐不成,隔了几年又找上门来,说,老二不行,就老三吧。

这种事情可以轮着来吗?我听后气得肺都快炸了。

其实二姐夫的事情无须我操心,也许是二姐夫持之以恒地琴瑟友之、钟鼓乐之,某天二姐忽然想通了。正月十五元宵节,东风夜放花千树,处处流光溢彩,二姐坐在准二姐夫的自行车后座上笑语盈盈,摆摆手看灯去了。白菜地边的家,白菜早就没了,但却愈加热闹,巷子里一串串红灯彩灯高高低低,迤逦远去。又是一年春来到,处处笑语喧哗,人人欢欣鼓舞,只留下我房中独坐,对月伤怀。

准二姐夫春风得意,据说要正式认认家人了,我妈决定全家人一起吃顿饭,既然要变成一家人了,彼此还是熟悉一下好。把大姐、大姐夫也请来。大姐夫作为先来者,架子不免摆得十足,翘着二郎腿等二姐夫递烟点火。意思是:当年我受尽折磨,你小子也别想轻松过关。

小姨子心有愧疚，低眉顺眼规规矩矩，帮着洗菜、择菜。大姐亲自下厨，那晚她做的就是调和饭。里面放了乡下亲戚送来的风干豆角，还有一种风干的什么植物，像萝卜，似乎又不是。大姐厨艺得到父辈真传，香喷喷的一大锅很快告罄。那种铁锅大大的，沉沉的，锅底一层厚厚的锅黑，做出来的饭却很香。

美味当前，准二姐夫毫无顾虑，一点儿也不扭捏作态，大概他认为自己大功告成了，蹲在院子里，端着大而深的海碗，呼噜呼噜连吃三大碗。大姐也豪放，每次都给他添得满满的，吃吧！你能吃我就能添。但见金色的夕阳下，捧着海碗的准二姐夫吃得大汗淋漓，光影在他周围跃动不已。大姐和我妈对望一眼，意思是说，这孩子真实在，就是他啦。

大姐夫则与众不同，暮色中玉立而斜睨，神仙一样，很有些看不上凡夫俗子的意味。

二姐夫饭量大，婚后也没改变。有一次吃面条，吃了两大碗，第二碗眼看堆得高高的，二姐说："盛不下了，别捞了。"年轻的二姐夫不听，最后一根长面条硬是让它晃晃悠悠趴在碗边上！恰是正午时分，屋子里的收音机里，袁阔成在说评书，宽厚沙哑的声音正说道"花开两朵，各表一枝……"

二姐夫好吃，故而也爱做饭，尤其爱炒肉，一把韭菜可炒肉，两根蒜苗也炒肉，就恨不得肉炒肉了。一筷子夹四五块五花肉，送到嘴里嚼啊嚼，嚼得摇头晃脑，双腿惬意地抖啊抖。那情形，虽南面王不与易也。左有娇妻，右有美味，后来添了个白胖小子，那日子，天天都在歌里过。有次我去串门，见二姐夫捧着二姐的红色高跟鞋，低着头仔细地上鞋油，最后抻了块布唰唰地抛光。唉，宠老婆都宠到让人羡慕嫉妒恨的地步了。

我妈说，你二姐夫又能挣又能攒，还舍得花，是个过日子的好手，你二姐喜团团的，长得就一脸福相啊。又扭头看看我，你也不差。

我低下头去，不置可否。她老人家把我大姐和二姐生得白生生水灵灵的，轮到我就不大用心了，马马虎虎的，我都不想说！

家里来了南方人

在我看来，上大学如同取得人生道路上的一枚"通关文牒"，同时也是一种极为宝贵的人生体验。走在通往大学校园的道路上，春风得意，草没马蹄，简直能看到无限个美好的前景达达而来。可惜这条光明的道路在十五岁那年与我擦肩而过，我捧着大饭盆，气鼓鼓地去中专的食堂打饭。从此憾恨恰如春草，更行更远还生。

这都怪二姐，听到我的中考成绩下来了，开始不遗余力地游说我。按照她的建议，如果我上中专，工作赚钱的时间就可以缩短一截子蹦到眼前："你想想，我们一起挣钱了，咱们家不是一下子就可以翻身了吗？"那时，她刚刚大学毕业参加工作。当然大姐也逃不了干系，见人就传喜报，只差敲锣打鼓了，只是二姐的话更击中要害。我不想说话，我们一起躺在大床上，窗外繁星点点，"对啊对啊"地眨着眼睛，与黑暗中二姐充满希望的眼睛一模一样。

打好铺盖卷，我郁郁不乐地去读中专了，但是，当我刚把十五岁的大饭盆换成十六岁的小饭盒，二姐就准备出嫁了。

那是一个毫无征兆的暑假，我回到家，老远就听到院子里一片嘈杂。我不在的日子里，难道搬进来某个神一样的房客吗？

满怀疑惑地走进去，发现院子里的人还真不少，触目先是院子当中那个大大的铁家伙，电机轰鸣的声音就是它发出来的。铁家伙前有个黑圆脸头发鬈曲的小伙儿，正把一块大木板咻啦咻啦裁成两半。见我进来，陡然停了手里的活计，向我看过来。受他的影响，铁床不远处另一个打赤膊的小伙子，原本低头哼着歌大力刨木头，这下不刨了，也向我望过来。我数了数，一共五个陌生的年轻人，锯木板的，刨木头的，钉钉子的，无一闲汉。我看得很清楚。当然，他们对我也看得很清楚。一个女孩子背着书包，费力地提着一大袋白面（饭票换来的）突然出现在院子里，类似逃荒的形象不免让他们好奇了一阵儿，然后一切归于正常。

铁家伙我不认识，但一边唱歌一边任刨花落满头的情景似曾相识。以前大舅就是这样刨木头的，只是大舅不唱歌。大舅骑在长条凳上，用墨斗认认真真地画线，横平竖直。

今天这个场面要比大舅做工时气派多了，小伙子们分工有序，干得热火朝天。难道我家发了一笔横财？看样子是在做新家具。望望屋子里那些旧漆剥落的箱子柜子，不禁开心起来。

我没有立即去问我妈，我以为我猜到了谜底，高兴了好几天，后来才知道，拉倒吧，一切都是二姐夫张罗的，原来二姐要结婚啦。我妈说得很轻松，毕竟嫁出一个闺女便完成一项任务嘛，但我听了把一张脸拉得老长。说好的一起赚钱养家呢？谁说的？古人曰，人无信而不立。二姐呀，铮铮誓言犹在耳边，结果趁我不在家，紧锣密鼓地就要嫁人了？爱情一来临，人就可以不仗义了吗？我知道，花了人家的钱就得跟人家走，而且，还是我妈愿意的。所以，纵我不乐，大家却是喜气洋洋。那个盛夏的好些天，我默默地出庭入户，一点儿也不热心那些家具的事情，与大家格格不入。以至于那些木工暗地里议论，也许在猜我在家中排行老几，老拉着一张脸，看上去比快结婚的那位老相多了。

五个木工都是南方人，从江苏某个城市辗转而来。那时候，南方人在我们这座小城并不罕见，以木工、油漆匠、裁缝居多。夏天的晚上，经常见他们三五成群地在大街上闲逛，顶着一头鬈发，不知道为什么人人喜欢拖一双大红色的厚跟拖鞋，很像女式鞋子，得意扬扬地走来走去。而冬天他们就比较可怜了，寒风呼啸，他们不肯穿棉袄，单薄的小西装看着哆哆嗦嗦的，但他们也能顶得住，反正最冷的时候，他们就像燕子一样飞回南方了。

说到大红拖鞋，我看了看，来我家的五个木工，有三个趿拉着这种时尚的东西。除了锯木头的比较黑胖，其余几个瘦小精干，应该也有小西装吧。

总之，穿不穿红拖鞋都不影响木工们快乐地干活，也没有什么可以阻挡家具一天天成型。我呢，也慢慢地开始接受现实。其实我是舍不得一张大床上睡的人越来越少，其实家具的每一点进展我都看在眼里。那套高高低低的组合柜到底还是做好了，处处显露着新木头的纹理，真漂亮。可惜还没等我认真摩挲一下，二姐夫就拉走了，拉到他们的新房里去油漆，一起拉走的还有那五个青年木工。

热闹的院子一下子冷清下来，与更早以前的安静相比，一旦曾经繁华，便觉得分外孤寂。我妈大约没有什么体会，她的心被女儿出嫁这件喜事激荡着。而准二姐夫应该是最忙碌又最开心的那个人吧，乐呵呵地跑来跑去，完全不顾小姨子的情绪和感受。家具才拉走，他又急匆匆地跑来商量油漆匠的事情。油漆匠已经找好了，但那两个人的食宿却需要有人负责，包吃包住，这样能省很多工钱。还用他拐弯抹角地解释吗？我妈已经听明白了，爽快地一口答应。

据说，油漆匠是由先前那几个木工介绍来的，大家都是老乡，木工打前站，油漆匠负责后续工作，为客户提供一条龙服务。

两个油漆匠跟着喜滋滋的二姐夫来吃饭了，跟他们的木工老乡截然不同，他们两条长腿搭在自行车上，不是骑，简直就是叉着腿走进来的。好高的个子！后来那个比较白胖的家伙每次来吃饭都这样进门，一蹁腿下来，支好车子。看看饭还没做好，钻进我的小屋，坐在我的书桌上，耷拉着两条长腿晃来晃去，开始问东问西。他的话特别多，我不喜欢他那种不拘小节的样子，我的桌子是可以随便坐的吗？见我不搭理他，他开始炫耀他们家乡的美食。

"你们这里吃得一点儿都不好，有一种你们叫饸饹的，

哎呀,蛔虫一样,一看就没胃口。"

他所说的饸饹是一种面食,形同粉条,白面或兼粗粮制作,如果加了榆皮面,吃起来更加光滑筋道。"饸饹"二字据说还是赵树理发明的,怎么可以用那么恶心的虫子相比拟呢。二姐夫说白胖子干活也不大卖力,偷奸耍滑,大部分活儿都留给他的同伴去做。

他的同伴起初也是叉着腿骑车进门的,不知为什么渐渐地改成推着车进来,变得斯文多了。这人不爱说话,也不坐我的书桌,他老乡高谈阔论的时候,他只是倚着桌角默默地笑。饭做好了,我妈喊我去端饭,他坐在小饭桌前,又默默地冲我一笑,然后慢慢地吃,哪怕吃的是蛔虫!于是,为了跟白胖子斗气,每次端饭我只端给不爱说话的那一个。白胖子气得脸都绿了,只好站起身自己去厨房端饭。不爱说话的南方人越发低着头笑眯眯的,一副很享受的样子。

有一天,晚饭做好了,来吃饭的只有不爱说话的南方人,据说白胖子又去揽活了。二姐夫的活儿过几天就能完工,他们需要考虑下顿饭在哪里吃。我把饭菜摆好了准备离开,平时沉默寡言的油漆匠忽然问了一句:"你们吃了吗?"

咦,难道话痨同乡不在,这个院子里一定要有人说几句南方口音的普通话吗?

"嗯,吃了。"

"你妈妈做的饭很好吃。尤其卤面,是我们那里没有的。"这人又说。

"你们那里,哦,你们哪里啊?"一直没问过他们是哪里人,反正在南方,在长江以南呗。我坐下来,开始听他讲述烟雨蒙蒙的江南。更重要的是,我特别想问问为什么他们那么喜欢穿红拖鞋。要知道,他们可都是男人!看看此人,身高一米八,红拖鞋最多三十七码,以至于他的半个后脚掌都露在拖鞋外面,走起路来只能前脚掌着地,苦练水上漂似的。可是,问一个陌生男人关于鞋的问题好像不大合适,我只好一边忍住笑,一边托着下巴胡乱听他闲谈。大约经我双眼一盯,这个人说话格外温柔起来,双眼似乎从下往上看一下眨一下,含羞带笑,情状十分旖旎。让我觉得自己胡子都长长了,我才是二十五岁的大小伙子,而他不过是个十五岁的小姑娘。见他趴在桌上,我挺起腰身,准备向他灌输男儿志在四方的大道理。我指了指广袤的天空,夜空正在狂欢,皓月丰满,星星旋转起舞,凉风奏出舒缓的小夜曲,落花般拂了一身。此情此景哪里适合谈事业呢,一轮明月正宜思乡。我问他:"你们南方人都肯背井离乡,离家这么久,你不想家吗?"

这个人已经不止是趴着了,他双臂平放,把脸的一侧紧贴在桌上看我说话。我这才发现鬓发下他的那双眼睛像两条长而扁的小鱼,在夜色里相对而游。我没去过南方,按他们的说法,那里是鱼米之乡,我想一定是鱼吃多了吧。他没说想不想家,又开始微笑不语。这下叫我说什么好呢,改讲《游子吟》吧。等我讲完了,人家看了我半天,说:"我想给你妈妈做干儿子。"

啊?啊!⋯⋯这事得问我妈。

我妈在屋里咳嗽了一声,也许刚才也咳嗽了,我没听到。看来我在院子里已经坐了很久，饭碗早被我妈收拾走了。我想，虽然我家无男儿，但我妈未必愿意认领这么大的小伙子做养子吧，养不熟了，况且穿着红拖鞋，我也不喜欢。

南方来的年轻的油漆匠似乎没听到我妈的咳嗽声，他轻轻唱起一首流行歌曲。夜深了，空气中传来小虫子的唧唧声，我妈又在屋里重重地咳嗽了几声，提醒我该回去睡觉了。

后来我对二姐夫说，老实干活的那个油漆匠唱歌非常好听。二姐夫听了，满面肃杀，举了举他年轻有力的臂膀："他要再敢来找你，看我不揍扁他！"

南墙根儿人家

我已经提过好几次了,巷口那家养了两条狗,跟设立了个要塞似的,闻风咬人,不舍昼夜,可是又不得不经过,所以每次都气急败坏地跟狗斗半天。作为一条巷子,不让人好好通行,也不让小孩尽情地跑来跑去,那还有什么用!可怜的小巷子细细长长,蚯蚓一样趴在地上,无精打采。

其实养狗那家生活未必多好,五六个孩子养得灰头土脑,居然还有闲心再喂两条狗。人要吃,狗也要吃,时间长了也许他们也感到力不从心,大门楣上挂起"紫气东来"的石匾,希望天降祥瑞,可是,就算某一天紫气飘来,也要被恶狗吓跑吧。

就在我战战兢兢出入巷子的某一天,我妈去巷子尽头的南墙根儿人家帮忙,发现他家在西围墙上开了扇小门,与西邻以及隔壁巷子往来贯通。那就是说,倘若人家允许我们从院中穿过，就可以避开"紫气东来"石匾下的恶狗，打另一条巷子从从容容自由出入了！

南墙根儿人家的院子并不敞亮，但他们也像所有人家一样寸土必争，南墙根儿种了向日葵、地雷花、萝卜花等寻常花草，细细弱弱地随风招摇。我兴高采烈地从花前跑过，推开小门又关上，总不忘看看墙根儿下花开了吗，花落了没有。黄土墙高高的，大部分阳光被高墙所拦，照不到院子里，满地草木阴阴，青苔斑斑驳驳，见不到太阳的向日葵，长势就不太喜人。

除了花草长势不旺，他们的生活倒没什么不好，不算富不算穷，中等人家。上班上学娶妻嫁女，活蹦乱跳诸事顺利，别人怎么过，他们就怎么过。巷子里的人直接喊他们"老秦家"，听上去好像和南墙根儿没什么关系。

被人们意味深长地称之为"南墙根儿人家"的，是住在他们后面的巧枝姨家。其实她家与南墙之间隔着秦家，已经不受那堵黄土墙的任何影响了。白天，阳光哗啦一下漫过来，汪洋恣肆，到处都是。到了晚上，月华满地，毫不吝啬。这么宽敞的院子，如果种点什么的话，应该蔚然成荫，再养一些鸡，满院子咯咯哒，咯咯哒地叫着，多有生活气息。然而不，他们什么也不种，好像也没养什么家禽家畜，庭院深深，空空荡荡，倒像活在南墙根儿的阴影里，朗朗日月都被辜负了。就算这样吧，他们还经常大门紧闭，似乎态度决绝，不大愿意和巷子里的人多有往来，连风都进得不痛快。偶尔从门里挤出两个小胖子，背着书包上学去，大一点儿的那个有点呆，从人们身旁经过时，斜着眼瞄一下，再瞄一下，不言不语地走远了。小一点儿的胖子机灵多了，但也从不跟巷子里的小孩一起玩耍。

大门里出现次数最多的当然是这家的女主人巧枝姨，一头齐耳短发，身材高大而粗壮，脸庞宽大，眉眼没啥特点，不容易记住，一双手倒格外突出，骨节粗大得很有些男人气象，和巷子里热衷于说三道四的大妈们完全不一样。可惜她虽然长得高大，内心却很怯懦。一见到聚众扯闲话的大妈们就躲得远远的，怀疑她们正在谈论自己的家事。其实闲得发慌的大妈们看见她，才把话题转到她这里，声音低下去，同情、怜悯中夹杂着点儿庆幸，庆幸自己的命比这个女人好，于是巧枝姨讪讪地躲得更远了，有时干脆躲到我家来。

巧枝姨来我家串门的次数不多，也不像别的大妈那样，一坐就是悠长的半晌时光，拍着膝盖说长道短。她一般午后才来，巷子里大部分人家都已经吃过午饭了，她家里的人也都伺候妥帖了，才有闲暇端着一碗面过来，边吃边诉苦，那碗饭就吃得凄凄惨惨。我妈默默地听着，等她吃完面条，给她盛一碗热气腾腾的面汤。汤慢慢变冷，巧枝姨慢慢平静下来，站在那里听我们谈笑，听到高兴处也会咧开嘴大笑，黄黄的头发在微风中摇曳着，那一刻，阳光明媚，岁月静好，所有的苦难如一场噩梦般飘散了。可惜笑过之后，瞬间回到现实，忧愁慢慢侵蚀过来，巧枝姨又成了一棵霜打的蔫白菜！

有时候，连刹那间的快乐也没有，巧枝姨慌慌张张地跑来，说家里又有人中阴了，央求我妈快去扎针放血，恨不得夹起我妈一溜儿小跑才好。

我妈的扎针技术不好评判。尖细的针直直地扎进皮肉里，又麻又疼，阴重时下手更狠，不过只要病人忍得住疼痛，治疗效果还是不错的。巧枝姨一家人受得住这种粗暴的治法，她站在我家厨房门口，阳光似乎越过她照得哪里都是，越发显得她粗服乱发、萎靡颓败，她比我妈小七八岁，看起来却比我妈老多了。

我妈正在做饭，一看见巧枝姨急急火火的样子，立刻紧张起来，手忙脚乱的，正炒的菜都翻出锅外了，两个笨人可叫人说什么好。大姐忍不住走过去抢过锅铲："快去吧，人都快绞死啦！"

巧枝姨有三个孩子，经常中阴的是她有哮喘病的儿子。据说小时候落下的病根儿，不能见风，哪怕是七月的熏风呢，吹一阵就把他撂倒了。不见天日的生活该是多么可怕！在掉头向南的日子里，我蹦蹦跳跳地穿过那条隐秘、安全、花开又少的小路，无数次经过巧枝姨家紧闭的大门，经过一院子的风声雨声、阴寒和寂寞，一点也没想到，屋里面有个纸一样苍白的男孩子正在寂寞的角落里虚弱地喘息，更没想到有一天我会亲见那种情形。

那天是去找我妈，推开巧枝姨家的大门，发现院子里静悄悄的，每个屋子也都悄无声息，简直让人不敢相信这里居然是一处人家。两个唠嗑的女人去哪儿了呢？最应该待着的厨房里空荡荡的，我犹豫了一下，还是走进了正屋，于是看见床上那个坐月子一样的人，用被子围得严严实实，肤色苍白，一张虚胖的大脸，好像包着一泡水，一戳就破。我吃了一惊，立即后退一步，离得他远远的。这就是传说中的病孩子吧。病男孩显然也吃了一惊,枯寂的生活中忽然冒出个陌生人,还是个年龄相仿的女孩子!他的眼睛里立即绽放出生命的光亮,兴奋地爬起来把床边的书往里挪了挪,很快腾出一块地方,诚恳地说道:"坐吧,坐吧,坐会儿吧。"

我才不坐呢!眼睛看着他床边竖着的那枚炮弹,看了好一会儿,想不通他家里放一枚炮弹做什么,那么醒目!后来才知道那是氧气瓶,是男孩子呼吸困难时救命用的。又看到他床下有一堆盆盆罐罐,屋子里奇怪的味道就是从那里散发出来的吧。一想到他得在屋子里解决所有问题,我就屏住呼吸,快速地问他我妈来过没有。

"好像没有,不过一会儿应该会来的。"他怕我转身就走,极力编着谎话,其实我是谁家的孩子他未必知道。他殷勤地递过一本书来,又指指桌上的电视机,忙不迭地讲起某个节目,哎呀,憋了多少年的话总算找到倾诉对象了吧?一个久病的呼吸不畅的人竟然口若悬河,可惜我是个迎风生长的野丫头,没看过他那些书,我们家也没有电视,所以接不了他的话茬。他不停地问这问那,我被问得羞愧难当。看来他的生活并不寂寞,那台十四吋的黑白小电视以及床上的一摞书就是他的天下了,他足不出户还知道那么多事情,而我却对他的世界一无所知,我说点儿什么好呢?墙头上的槐花,巷子里的狗,微风拂过柳枝,燕子衔来春泥,落叶飞了一地,卖江米球的小贩,黄昏里轰的一声响,爆出的爆米花儿,还有两只天牛斜刺里飞过来,趁天黑趴在我头发上……这些有趣的生活场景,在他听来会不会有些难过?我站在离床两米远的地方,小心翼翼,不敢走动,唯恐带起一阵风,吹得他上不来气。他那双小眼睛，在面泡泡里显得无比清澈、纯真，初生的小动物一样，又恐惧又好奇，尽管没有一点儿恶意，却让人不知怎么对待才好。勉强站了一小会儿，还是没有人来，于是我找了个借口跑走了，再也不想走进那间屋子。

后来那孩子继续坐了十多年的月子，大概学了更多的知识，以至于没什么可学的了，在某个夜风清凉的晚上离开了人世。

一个生命的降临大抵是源于爱吧，但来到尘世的命运又非爱所能主宰。生而为人，病孩子到底是幸运还是不幸呢？不管怎样，他终于可以御风而行了，想去哪里就去哪里。这样一想，巧枝姨在难过之余会感到一丝慰藉吗？

巧枝姨多病的儿子死去后，她的丈夫也极少出门了。偶尔走出来，太阳底下清瘦薄弱的一缕人影儿，身穿一身藏蓝色的中山装，嘴上不分季节老捂着一个白口罩，一副病恹恹弱不禁风的样子。他走过来的时候，巷子里的大妈们貌似热情地赶紧打招呼："气色很好啊，天气真好啊，多出来走走吧……"可是还没等人家走远，就转过身窃窃私语，说这个人得了食道癌，活不了多久了。

巧枝姨家的大门关得更紧了，他们在紧闭的大门里商量了很久，坚信南墙根儿是个不祥之地，决定把院子卖掉。他们搬走了，搬到很远的地方，据说日子依旧过得不如意。

被卖掉的那所院子，铁门天天敞开着，有人在里面叮叮当当日夜捣铁扒铜，该冒炊烟的时候冒得比谁家都高，红火得很，不知道住着什么人，总之没病没灾，诸事顺遂。

真正挨着南墙根儿的老秦家盖起了二层楼,除了老秦一家,还住着裁缝、美容师、饭店小工以及几个中学生,嘈嘈杂杂,热热闹闹。我走过的小路不复存在,两边光秃秃的干脆什么也不种了。

"思想家"

那个老头儿,每次出现在长长的巷子里时都让人神思恍惚,如看到某部老电影中的慢镜头。尤其当他经过槐花盛开的槐树底下时,那幅图景悠然意远。

邻近巷口,不知谁家院里种着一株大槐树,有几个枝条直伸到巷子里来,与小巷及蔚蓝的天空及偶尔飞过的小鸟构成永恒的背景。他拄着拐杖踽踽独行,步子细碎,仿佛在思考什么,一个脚掌挨着一个脚掌地挪动,每个敞开的大门安静而耐心地等他经过,像等一个思想家。

不知康德在莱茵河畔漫步时,神态是否与此相似。

这样的画面重复了很多年,巷子越来越平坦,黄土路铺上了青石板,各家的院子也越来越高,红砖青瓦新了又旧,旧了又新,老头儿的装扮却一成不变:黑色的老式衣裤,天冷了戴黑帽子,天热了露出小平头,拐杖永远在身前,笃笃地点着地。老头儿的年纪无法猜测，与几十年前相比，似乎没有多大变化。变化大的是那根拐杖，沧桑得让人一眼就看出有年头了，手握的地方磨得滑溜溜的。

拐杖日复一日地敲着地，老头儿遇到街坊邻居，只是嗯嗯啊啊地敷衍几句。从小到大，我没听说他思考出什么高深的思想来，好像也没有什么生活经验值得分享。当然，他也不会像巷子里的大妈们那样喊喊喳喳，飞短流长。多年来，他在缓步行走的路上究竟想些什么无从得知。门洞无言，槐花开开落落。

老头儿喜欢逗小孩子玩儿。放学回家的路上，如果恰逢老头儿在漫步，我就知道他要做什么了。他的视力很好，远远地就开始把自己矮胖的身子努力横到巷子中间，张开双臂，那根拐杖因而吊在某个胳膊上晃荡，兴致盎然地等着我靠近。巷子很窄，他挡住我的去路，看我怎么通过。

我绝不会低着头从他的胳膊底下钻过去，人的头颅最高贵，不是吗？小小年纪我就懂得做人的尊严，倔强地仰着头向左靠，老头儿也跟着向左移动，我向右，他也向右，我们都不说话，在巷子里纠缠半天。我想他逗我的时候一定全神贯注，像个老顽童，不是什么思想家。小时候不懂事，我被他逗得恼了，擦着墙边气哼哼地硬挤，老头儿也就让开了，笑眯眯的，胖胖的脸上兴味悠长，很享受的样子。后来我带着女儿回娘家，偶尔也会见到老头儿，他的步子越发慢了，改成用半个脚掌向前挪动。槐花不再，可是他的眼神依旧很好，远远地看见我们，依然颤巍巍地张开双臂，连我带女儿，他要一起堵着玩儿！多少年的游戏了，他居然还不觉得厌倦。

　　我猜他有八九十了，笑一笑拖开女儿，小心翼翼地与他保持一定距离，等他累了自动让开，我们再过去。岁月不饶人，老头儿到底体力衰减，万一他老人家在堵我的路上有个三长两短，我可怎么向他的家人交代呢。

　　当年，我们搬到白菜地边不久，他们一家也搬来了。那时白菜地还在，我妈在地边捡菜，他的老伴也弯着腰捡菜。菜农们不能慷慨赠菜了，住的人家越来越多，菜地越来越少，给不起了。捡回家的一点白菜叶子只可以喂鸡。他有六个孩子，家里人多，吃饭也多，想来满院子跑的鸡也比我家多吧。日之夕矣，众鸡归巢，老头儿家呼鸡赶鸡声远比我家长久。

　　老头儿在巷子里漫步，向来不负责赶鸡撵狗。跑出来赶鸡的是他的女儿们，老五或者老六。前三个女儿没有什么印象，他唯一的儿子——老四，也不大露面。巷子里的大妈们说，闺女多，大的管小的，像大鸡拖小鸡，互相拖带着就长大了。儿子则金贵得多，六十亩地一棵苗，重点保护还来不及呢，哪儿舍得让他干杂七杂八的活儿呢。可惜子肖其父，生得五短身材，远不如他的姐妹们身姿挺拔，辜负了一家人的良苦用心。

　　老头儿家长相最出众的是老六，灿如春华，皎如秋月，不到二十，就有人上门提亲了。比她大几岁的老五却受到媒婆的冷落，她的母亲很是着急，忍不住来找我妈，让给老五寻个好人家。

　　老太太当年并不老，中年而已，病病歪歪的，头上总包着一条白毛巾，宽大的黑裤子用一根带子扎紧裤脚，或许是孩子生得太多，不小心吃了风，从此头脚扎紧，不让风再钻进去。看她的面容和身形，不难明白老六为何生得如花似玉了！

老太太很少出门，偶尔来我家也是为了寻找老头子。老头儿在巷子里溜达累了，会选一扇大门折进去，只是决不进屋，拄着拐杖戳在院子里，笑眯眯的，不大说话。过一会儿不辞而别，自己把自己挪出去。所以，每逢老太太上门找人，我妈的回答不是"他刚来过"，就是"他刚走"。现在为了愁嫁的老五，老太太居然主动登门了。

其实我妈当不了红娘，但受人所托，忠人之事，那一阵子她老人家很辛苦，不停地在附近几条巷子里往来穿梭，询风询雨兼询人，恨不得上天入地，给老五找出一个如意郎君来。作为一个中年妇女，那时的我妈，腰也不疼了，腿也不痛了，似乎不到处跑跑不足以彰显她的活力，每天风一样地行踪不定。于是，为了寻找兴冲冲地做起媒婆的老妈，我终于踏入老头儿家。

他家的大门和别家一样敞开着，老头儿站在院子里，像是在晒太阳。他的儿子站在旁边，父子相顾无言，各自发呆，看上去倒像两个思想家。看见我，老头儿比平时笑得欢畅，毕竟我们是老相识了嘛。他的儿子也冲我笑笑，却原地不动，殷勤程度还不如院子里的那几只鸡。那群鸡果然比我家的多，一只公鸡跑过来围着我转了一圈儿，母鸡们则比较懒散，看看我，继续低着头啄小石子，啄土粒儿。院子里散落着一小摊一小摊鸡屎，黄白间绿，到处都是鸡们撒欢的痕迹。

养鸡自然会有鸡屎,可是鸡屎要及时处理才好。小时候大姐厌恶鸡屎,每见必除,有次一只捣蛋的鸡把她惹急了,一耳光掴昏过去。哎呀呀,我妈抱着那只公鸡,又揉又掐又摩挲,就差人工呼吸了,折腾半天也没救过来,那只鸡决绝地死掉了。后来我家把所有的鸡卖掉了,再也不养了。

院子里的味道熏得我打了一个激灵,我屏住呼吸疾步进到屋里,见两个大妈拍着大腿正说得高兴。屋里竟然也有两只鸡,老五找不到婆家,它们有什么责任吗?那两只鸡歪着头听了会儿,甩甩嘴巴又去啄东西了。

苦心人,天不负,事情总算有进展了,不知我妈从哪里打捞出一个条件相当的小伙子来,经过商量,决定把相亲的地方定在我家。

这是暑假里的一天,天气晴好,一大早就来了几个人。老头儿站在院子里,依然不肯进屋。女儿的终身大事,不可能不关心,只是作为一个"思想家",深知当局者迷,旁观者清的道理,所以决定静观、远观。我妈和大妈坐在床沿上,耷拉着腿说着家长里短。老头儿家的老五果然长得壮硕,个子高,皮肤黑,乌黑的头发扎成马尾巴拖在脑后,坐在小凳子上不言不语。

我坐在里屋看书,原本不知道他们谋划的事情,直到我妈迎进一个小伙子来才明白。哇,相亲呢!老五和那个小伙子大约没什么文化,我妈作为媒婆,非常不会周旋,一开场就直奔主题,听得我都不好意思了,站起身,出了小屋,出了院门,自己溜达去了。

距小巷大约二十米，有一个地方，我是偶然间发现的，走过之后成为我独享的秘境。他们占据我的家相亲，我只好去我的桃花源，假装去避一会儿秦。

避秦之路是先进大门，再走过一个小广场，经过一个栅栏深锁的小花园，里面琼花玉树，亭台楼阁，一片繁华，不知道什么人才能进去，大约我是没有资格的。我绕到花园后面，见两条水泥甬道分别蜿蜒而去，中间隔着一条河流，似乎就是人们所说的护城河。河两侧绿荫满地，花叶纷披，后面是一排排样式相同的白房子，不知道里面住着什么人，大概是有钱人吧。他们住在白菜地的这边，我们住在白菜地的那边，困窘与优裕原来只隔着几十米。

路上没有遇到什么人。夏天了，苹果树上结满了青苹果。我见过的苹果树通常低矮，而这种树比较高大，青苹果高高地吊在上面。如果一直没有人来采摘，这些苹果该多寂寞啊，挂得又那么高，是我完全够不到的，我眼前晃过老头儿乌溜溜的拐杖。

说到苹果，不禁想到伊甸园，想到正在我家进行的相亲活动。老五的相亲在我出走的时间里应该完成了吧，我应该建议我妈做个有品位的媒婆，假如把相亲地点改到这里……我几乎看到老五载笑载言，与那个茧茧男子走在前面了。

然而那个男子并不茧茧，有天晚上喝多了酒来到我家，啰啰唆唆赖着不肯走，说老五不合心意，至少得找个像我这样的才行。我妈不在，房客们也不在，但我一点儿都不害怕。我家堂屋正中大镜子后面斜出一截鸡毛掸子，金黄色的鸡毛轻飘飘的显然没有什么用处，不过细细的掸子把倒还趁手。我想我当时的眼睛里肯定喷着火,后来一眼看到炕上的笤帚,笤帚把子结实多了,没头没脸照着他一通乱揍,打出屋门,打出院子。

这件事情我没再提起,只是好多天都不理我妈,让她老人家摸不着头脑。反正她也发现自己没有当媒婆的潜质,不再乱点鸳鸯谱了,从此天下太平。

后来,老头儿家老五老六相继出嫁。老五看起来结实,谁曾想三十多岁便因肠癌去世了。老头儿依旧拄着拐杖在巷子里晃悠,看不出他有多悲伤。他唯一的儿子结婚很晚,娶了一个黑黑的媳妇,脸上抹了粉便泛着铁青色,让巷子里的大妈们喊喊喳喳议论了好久。

我想,如果有一天,老头儿不在了,那么巷子里往来徜徉的应该是他的儿子吧。手执父亲的拐杖,仿佛永远在思考着什么,走在春天里,走在夏日里。我以为他们是孤独的,但说不定人家正享受物我两忘的喜悦呢。

赶庙会

来小城的人，大多要到城隍庙广场去看看夜景。广场上流光溢彩，一派喧嚣，但和庙会没有关系，和神祇没有关系，因为没有香火的味道。而城隍庙呢，隐在灯火阑珊处。朱门紧闭，黑幢幢的一片。城隍庙广场天天都在集会，祭祀神鬼的传统庙会，却很久没有正正经经地办过了。

想起小时候，去城隍庙赶庙会可是人们生活中很隆重很神圣的事情。庙会期间，人们从四面八方蜂拥而至，酬神还愿。戏台上唱着大戏，钟鼓齐鸣，乐声铿锵，连庙里的神像也显得神采奕奕。也许人们不相信真有鬼神，只是生活太单调了，于是以酬神的名义创造一些欢乐。看看乌泱泱的人群，想到众生平等，无论贫富贵贱，大家一起过着好日子、坏日子，心下顿时安然多了。

庙会在每年四月初一开始，为期三天。农历四月，北方正是草长莺飞、乱花迷眼的时节，吹面不寒杨柳风，刚过三月就吹得人们动了心思，到处都酝酿着过庙会的气氛。白菜地边也一样，家家户户都在忙着准备香烛、供品。烧香，赶会，看大戏，谁也不肯落后。好像因为那一跪一求，以后的每一天都会过得吉祥如意，虽然庙会过后，生活还是老样子。

供品、纸钱是必须多多准备的，不知城隍爷身为一方神祇，要那么多钱干什么。惩恶扬善，保佑一方平安，是他的职责所在，难道需要收受贿赂吗？神不语，众生也不计较。其实有没有神，人们也不去细想。我妈说，信则有，信则灵。为了祈求心愿的达成，她做起纸钱来一丝不苟。巷子里家境好一些的人家，买来那种厚而硬的彩纸，缎子一样光滑明亮，裁开，叠成金元宝，一个个丰润饱满，亮闪闪的，堆在一起立即显现出家底雄厚的样子来。我们家日子过得紧巴巴的，不能这样出手阔绰。庙会的日子临近了，听到巷子里传来"五色纸哩……五色纸……"的叫卖声，我妈从她长长的布袋里小心翼翼地数出一张钱来，走了出去。卖纸的小贩架好自行车，车后座上绑着一大捆五色纸。我妈翻翻上面的缎纸，果然手感细腻啊。只是价贵，摩挲完了翻到后面去，只选了五张薄薄的五色纸。好在卖纸的人倒不嫌弃，笑眯眯地将纸包好，接过钱去，"五色纸哩……五色纸……"的吆喝声重新在小巷响起。

就算用的是薄而透亮的普通纸吧，我们却丝毫不敢马虎。先用黄色的纸叠一堆小元宝，折几折，吹一吹，纸质过软，叠好再拉空，努力使它们坐起来，像个元宝的样子，只是看上去成色不足。不要紧，烧了都是一样的纸灰。剩下的纸用来制作铜钱，横折几下，竖折几下，厚厚的不太好剪，我妈拿着剪刀的神态就显得庄重起来。剪完了松开，居然变出了一串串铜钱，外圆内方，我真想上去写几个字，比如"康熙通宝""乾隆通宝"什么的，但转念一想，这串纸钱烧掉，神的庇佑可能就跑到清朝去了，如果有前生，那个年代的我是什么样子呢？

纸钱做好了，我数了数，一堆金元宝，好几个十五贯，统统放在一起，用大纸包起来。鼓鼓的一包，还算丰盈。等到四月初一，带到城隍庙里去祈福。

除了纸钱，还有一种供品不可或缺，那就是食物。人们大多供奉一种饼干。那时的食物不像现在品类繁多，副食店里好像只有这么一种饼干。长方形的一包花边饼干，大约……二十块？排列整齐，用一层薄纸包好，像一块板砖。这种饼干口味单调——只有甜味。但就算这种吃起来很干的饼干，平时也不大吃得到，赶庙会的时候才舍得买来供奉神灵，以示诚敬。

供奉的时候，饼干做供品，但不和纸钱一起烧化，而是整包打开放在神像前，祈福还愿的人们点燃三炷香后跪拜一番，香火冉冉，青烟徐徐，饼干的香味就被城隍老爷一鼻子吸走了，人间悲欢就此体察。等供奉结束，留半包在香案上，剩下的拿回家去。我妈说，沾了仙气的东西，小孩子吃了，一年都会平平安安。饼干不再是饼干，已化身为载灵载福的福物。老实说，供奉过的饼干吃起来味道极寡淡，还带着一股子纸灰味、香火味，因此我很有意见，但因为是神灵吃过的福物，又不敢抱怨，只好在嘴里嚼半天，希望嚼出饼干固有的香味来。毕竟这是白面做的饼干呀，总比粗糙的玉米面窝头好吃多了。

供品准备好了，住在南墙根儿下的巧枝姨挎个大包袱，欢欢喜喜来约我妈一起去城隍庙。按照她们的经验，庙会那几天，各地来的香客很多，人潮汹涌，不利于安静地许愿祈福，于是她们总是提前几天去，似乎这样城隍老爷就能够清晰地辨认并且记住她们，帮她们实现愿望。

小孩子不关心烧香许愿的事，很小的时候我一次也没有去过。上学后，懂得庙会就是一场自娱娱神的嘉年华，遂决定正正式式地去赶一次庙会。

城隍庙离白菜地不远，在一条主街上。从我家去庙里，先要经过一座独立的城楼，城楼用砖砌成，一片青灰色，散发着几百年的味道。城楼上面有琉璃影壁，但我上不去。下面开着三孔长长的门洞。我赶到的时候，先被门洞前聚集的一群人吸引住了。人群当中有两个泥像，显然是新塑的，做工粗糙、造型夸张的五官里不断地有火苗蹿出来，热烈地跳跃着。把城隍爷爷和城隍奶奶塑造成这般模样，不知他们是否会不高兴。有人点火，有人居然对着两堆泥像磕头，也许精诚所至，真正的城隍神是会收到的吧。

我对此不感兴趣，费了很大的劲儿才从人群中挤出来，看见小商小贩举着糖人、糖葫芦、棉花糖在周围大声地吆喝。吹糖人真是一种不可思议的技艺，用一根小细棒子挑一点点糖稀，一边捏一边吹，眨眼工夫吹出一只活灵活现的公鸡，公鸡肚子鼓鼓的、薄得发亮。有一类小贩根本无须吆喝

就能与吹糖人的分庭抗礼,在嘈杂的喧闹声中,夹杂着咯嘣儿咯嘣儿的声音,清脆而短促。我们管这种玩具叫"琉璃咯嘣儿",是一种薄脆的玻璃制品,深红色,形状很奇特,长长的玻璃细管,一端开口,另一端封闭。封闭的一端突然扩大,呈扁圆形。小贩中气十足,嘴里同时噙着两只,鼓着腮帮子一呼一吸,扁圆的那端随之震动并发出声音。我一面仰头观看一面忐忑不安,深怕那人力气太大,将玻璃吸破,碎片箭一样射进他的喉咙。可见我从小就想象力丰富,有时不免杞人忧天。这些东西我都喜欢,都想要一个,无奈口袋空空。我在人群中转来转去,终于远远地走开,穿过人群,穿过门洞。

门洞后面另是一番热闹景象,一个临时搭建的大戏台赫然而立,戏台上正铿铿锵锵地唱着下午戏,四周围着鲜艳的布幔,跟正经戏台没什么分别。

戏种无非是当地的梆子、落子之类,生旦净末丑轮番上场。神听不听戏我不知道,听戏的人倒是很多,长条凳子,高背椅子,大约上午就来占地方了,来迟了的挤不到前面去,干脆站在三轮车上、自行车后架上,听到精彩处响亮地叫一声好,边听边看,如醉如痴。也不知这咿咿呀呀的戏有什么好看的,长腔短板中我只听清"勾栏院"三个字,于是我决定去大庙里转转。

大庙远在五百米之外,与戏台相隔如此之远,神能听见那些唱段和念白吗?

离开看戏的人群,耳朵里立即清静了许多。我溜溜达达地走过城门楼、牌坊,道路两边有几棵树,疏疏落落,树后是一排排古朴的民居和一些卖香火、大红布、大蓝布的小铺面。因为是下午,看戏的人在戏台那边,烧香的人在后面大殿,相比之下,这条路倒显得冷冷清清。从热闹一下子跌落到寂静,我还真有点不太适应。觉得通向大庙的道路寂寞难言。

及至走到山门前,人又慢慢多起来。朱红色的大门全部敞开,除了进出的香客,门前还蹲着几个人,各占据一小块地方。面前铺一张纸,上面鬼画符一样写着一些字,对路过的人说:"算算吧,算不准不要钱。"口气笃定,仿佛人生前后五百年的事都了如指掌,只待人前来问询。有的人就蹲下了,半天不起来。我也蹲下来,想听听他们说什么。问卦的人白了我一眼,算卦的人也白了我一眼,一起训斥道:"去,小孩子瞎起什么哄!"被人轰赶,我也不生气,心里觉得他们才可笑。我笑着一路跑进大门,跑过树荫浓密的大槐树,跑到大殿里去。

大殿里无比肃穆,人们正在虔诚地磕头祷告。殿宇廓大深邃,雕梁画柱以及一条条布幔直升到无限高处,庄严的神像高高在上,愈发显得跪拜的人渺如草芥。白菜地边的人家,每年备好纸钱,买来饼干,也是这样渺小地跪在这里吗?庙里的城隍爷爷和城隍奶奶虽然和巷子里的爷爷奶奶不一样,总还可以接受,但那些夜叉、判官,阴森森地让人害怕。心里这么想着,嘴上却不敢乱说,于是掉转身飞快地跑到殿外去了。外面春花烂漫,还是尘世温暖可亲啊。

爱表哥

说到表哥，可能《红楼梦》看多了，直接想到"面若中秋之月，色如春晓之花"上去，宝玉嘛；另外陆游也很不错，才华横溢——这样的表哥自然会让小表妹们青眼有加。那么，我有几个表哥？掐指数了数我家可能产生表哥的亲戚们，我的四个舅舅星散各地，大舅来得多些，二舅三舅算有一点印象，而小舅舅其人其家简直像传说一样，我妈又不大介绍，所以，各家"瓜瓞绵绵，尔昌尔炽"之具体状况，我一直没有搞清楚。

爱表哥是唯一一个倔强地挺立在我多年记忆里的表亲。

初见表哥是在小时候的某一天，我放学回家，准备先把书包扔到正屋，然后去厨房报到。生活不必锦衣玉食，有妈在厨房操劳的日子心里总是十分安定，连脚步都是轻快的。我轻轻一跃，就从阳光灿烂的屋外蹿入清凉的屋里。正屋很安静，屋子中间我妈用来接神祭祖的条案上，无神无祖的日子里老竖着一个玻璃框，毛主席他老人家在里面慈祥可亲。我妈对毛主席无比敬爱，家里的物件，一是毛主席像，二是灶台，都擦得格外干净，由此可见我妈对美好生活的企盼是：精神有归依，努力加餐饭。家里其他的箱子、桌子、柜子，在条案两边一溜儿排开，也是一副响应毛主席号召的样子。而那天突然多出来的表哥，那个陌生的小青年，就坐在某个当椅子用的旧箱子上不声不响，吓了我一跳。

那时大姐已经出嫁了，二姐还在读书。这是谁呢？我很诧异，但他不说话，我也懒得理他。我妈跟进来介绍说："这是你爱表哥，你二舅家的儿子，进城读书来了。"

箱子上的爱表哥于是配合地点点头，傻傻地笑。我没有笑，仔细地研究了半天，觉得天上掉下个神仙哥哥之类的事情真是很不靠谱，就算不与宝玉、陆游相比较，但作为表哥，气度上总该儒雅一点吧？

爱表哥倒不计较我的冷淡，和我妈有说有笑的，穿着蓝衣服的他，形貌看上去和二舅很像。

二舅一家住在东山上，东山层恋叠嶂，那里的人们种谷子和土豆，过着依山而居、悠然自得的日子，有些人一辈子都不走出大山。二舅就不大走动，只来过我家两三次，我一直记得他站在屋子中间傻笑的样子。身上那套藏蓝色的衣裤可能是为出远门新做的吧，以至于二舅套在里面好像很不自在。他把两手交叉着笼在袖口，然后放在肚子上，笑眯眯地看我们，看桌柜，看板凳，看大床，仿佛在体味他大哥做出来的这些东西有多亲切似的，一副拘谨的老农形象。

他能从这些家具上找到大舅的影子吗？大舅与他亲手做出的这些歪歪扭扭的家具不可同日而语。大舅喜欢披件黄色的军大衣，永远敞开着，走起路来扑扑拉拉，很帅、很酷。大舅一来，我们就把家里最大的板凳让开，等他甩着大衣进屋坐好，解开的黄大衣直拖到地上。大舅来做什么？不着急，他从大衣里抽出一杆大烟袋来，诸事靠后，先抽一袋烟！我妈早已点着一截蜡烛。大舅的长烟杆一端吊着一个布袋，大约是白麻布做的，用久了，早变成土褐色了，里面装满了黄褐色的烟丝。大舅也不洗手，从里面捏一撮出来，摁在烟管另一端的铜烟锅里，摁实了，伸到蜡烛红红的火苗上，低头凑过去狠狠嘬几口，烟丝就点着了。云烟缥缈，意态悠然。

　　烟杆那么长，我一直都在想，顺着烟管袅袅升起的是青烟，还是黄烟？不知为什么，这么多年我一直没问他。看着大舅抽完一袋烟，接下来，我知道他喉咙深处早就咕噜咕噜酝酿着一口痰了，不管不顾地吐到地上去，用脚捻啊捻几下，我妈赶紧递上准备好的一碗白开水，喝完了才开始吃饭、唠嗑。看看，这才是做大哥的风范，哪怕这样不讲卫生。

　　做大哥还要有见识。姥姥姥爷去世后，大舅决定带领弟妹们走出大山，到外面的世界闯荡。外面的世界无限广阔，改变困窘生活的机会更多。他会做木工活儿，一家人不会饿死的。但二舅坚持留下来，他喜欢安定有序的日子。时间流逝，二舅的言谈举止难免就与大舅有了差距，但，在大山里生活了一辈子的二舅，没给儿子取名为"山娃子""树林子"，而是单字为"爱"。想想看，如果我整天"爱表哥""爱表哥"地呼来唤去,那还不真的穿越到《红楼梦》中去了?想到这里,我看了看瘦小的爱表哥……

爱表哥渐渐来得多了,我发现他才不像二舅那么老实木讷。他总是想方设法找机会和我斗嘴,乐此不疲。比如有一天,爱表哥伸出自己的右手,在我眼前晃了晃,饶有兴味地问我:"小闲,你知道这是什么吗?"

我正在写作业,抬头瞄了一眼,旋即低头继续做自己的事情。不想理他,不屑于回答这么弱智的问题,我可是三年级的学生了!况且,他的手有什么好看的,瘦削、粗糙,手掌上还有好几个硬茧。我不说话,他倒不气馁,以为胜券在握,执拗地问我:"小闲,看啊,看这是什么?"

他把手掌晃了晃,把五个手指曲回来又伸直。难道想诱导我,让我说"不屈不挠""三长两短"之类的成语?根据与他长期斗嘴的经验,我知道我无论怎么回答都不正确,以意为先的玩法有无限种答案,都由他现场瞎编,答错了就被他嘲笑。这个人真无聊啊,外面日暖风和花香草绿,做点什么不好!没有白菜地了,我家院子里种着榆树,去日影里捉虫子吧,或者坐在树下读史,其时也久。当然了,那会儿我也想不出这么风雅的事情,被他问烦了,我头也不抬,斩钉截铁地扔给他两个字:"爪子!"

爱表哥一下子被噎住了。他没有讨到便宜,不死心,接着去想更加匪夷所思的问题来为难我。比如王兰田一根筷子吃鸡蛋这种咄咄怪事。

其实我小时候对爱表哥不友好是很不应该的,爱表哥是个有理想有抱负并且孜孜以求、撞了南墙也不回头的人。他进城，是要实现在城里工作生活的梦想。

爱表哥初中毕业后原本也没什么想法，跟着二舅在东山上种了一年土豆。东山上日朗风清，天上的白云松软得像他们刚刚翻过的土地。命运把一些人安放在这里，大部分人便听从命运的安排，一辈子与大山为伴。东山的土质非常适合种植土豆，把东山的大土豆煮熟了，在碗里捣成土豆泥，再浇一点儿酸菜，酸柔绵软，吃起来别提有多香了。所谓的浮世清欢，大概就是这种感觉吧。

爱表哥土豆吃腻了，某天躺在土地上发呆，想法就在一瞬间改变了，或许他忽然从蓝天里看到了山外高楼林立的都市，觉得寂寞而迷惑起来。难道一生都要在土豆堆里度过吗？都市虽然遥远，却并非遥不可及，总有一条道路可以抵达。"别在山里种土豆了"，披着黄大衣的大舅威风凛凛地在脑海里闪现，喊他："同去，同去！"于是爱表哥决定向着都市进发。他重新回到校园，终于如愿以偿地考上了城里的师范学校，开始了梦寐以求的城市生活，也开始了每个周日来我家蹭饭，并想些奇怪的问题来逗我玩儿的日子。

年轻，有些古怪的想法没有什么不可以，即使失败了也有翻盘的机会，但如果能选择，我想爱表哥一定会让自己适可而止，因为有些事情永远也翻不了盘。

他翻不动的盘就是他的儿子。

小孩子长得又胖又壮，显然朝着两个爱表哥的体形在发展，将来儿子抓老子，简直如老鹰抓小鸡。体力上翻不动不要紧，随着年龄的增长，胖儿子仿佛背负着什么神秘的使命，开始不断地给爱表哥出难题。学不会"不屈不挠"这个

成语也就罢了，上课好端端地坐到老师的讲桌上哈哈傻笑，于是就被学校劝退了。这下爱表哥真被生活难住了，自己健康，老婆康健，他无论如何也想不通这个礼物是来自星星还是来自药物。他想不通的时候居然去问他的傻儿子，嘻嘻笑的傻儿子后来连自己的父母是谁都搞不明白，当然更不清楚自己从哪里来了，于是后脑勺上吃了响亮的一巴掌。

从哪里来，到哪里去，这么深奥的哲学命题爱表哥自己也想不明白，这一巴掌或许是想扇给自己的。他认为自己犯了一个大错，要用一生来弥补，比如再不生养了，一心疼爱傻儿子，让儿子过上正常人的生活；比如给他找个傻媳妇，再收养一个正常的小孙子。我妈听了，仗着是爱表哥的亲姑姑，忍不住说起实话来："一个傻子还不够？还娶一个！收养孙子？哎呀，谁家孩子这么倒霉啊……"

关于爱表哥这个奇怪的想法，我像小时候一样无话可说。看着他的后脑勺，我不明白这个老是异于常人的东西有什么好。不过话说回来，面对爱表哥像东山一样崇高而深厚的父爱，我们大约没有权利加以指责，更不能冲着那个老出怪主意的脑袋瓜子狠狠地扇一下。

爱表哥满怀希望地憧憬着他的美好未来，人到中年了，当初就不是鬓若刀裁、眉如墨画，现在更加平常，幸好精神上依旧闪闪发光。虽说生活撂倒了他，他也不打算起来，但他趴在地上，如同当年我家榆树上的虫子，向前一小截一小截地咕涌着，执拗而坚定。我想起了他的本名，"爱"这个字意蕴深广，二舅给他起名字时经过深思熟虑了吗？

学雷锋

关于春天,人们总能说出很多美丽的诗句和浪漫的典故,比如《论语》中有"暮春者,春服既成,冠者五六人,童子六七人,浴乎沂,风乎舞雩,咏而归"的记载,贤弟子曾点如此恬淡洒脱,作为老师的孔子心有戚戚,大加叹赏:"吾与点也。"

点所憧憬的生活,我们曾经有过,春日出游,杏花吹满头……但是,一到春天我首先想起的还是那些板正端严的事情。记得小时候,每年一进三月,学校领导就开始夜观天象,看看哪天风日清美,师者五六人,童子几百人,浩浩荡荡地去看电影。那个年代里能看电影是件快乐的事情,半天时间不用读书。消息传来,孩子们即刻奔走相告,激动的情绪互相激荡,快乐就翻了几番。

小学校距电影院不过二三百米远,我们摇动着快乐的小腿整齐地走着,一路春风得意,流水桃花。马路两边的房屋站成两排夹道欢迎,春天来了,小雀叽叽喳喳,叫得陈旧的屋瓦上纷纷长出了小而绿的植物,后来听说叫瓦松,或者还有别的什么小草吧,一齐站在屋顶上,像更小的一群小孩子,在风中摇曳着却一步也动不了,羡慕地看着我们高唱着"学习雷锋好榜样"的歌连绵不绝地走过去。

电影院终于到了,一群小羊也终于疯了,掀椅子爬座位,尖叫笑闹。电影本身没什么好看的,每年三月都看同一部片子——《雷锋》,所有的镜头熟悉无比,所有的小学生一起背课文一样跟着演员兴致勃勃地高喊:

"雷锋!"

"王大力!"

鉴于小学生们把一个筹谋已久的严肃主题乐呵呵地冲淡了,因此特别需要声明一下,三月里看电影和娱乐无关,原本是学雷锋的前奏,观影之后,整个三月,就是学雷锋活动月。那段时间学校处处干净整洁,连犄角旮旯都找不到一张小纸片,看电影还是起一些作用的,毕竟重复就是力量。然而校内环境搞好还不行,老师们聪明得不得了,为扩大战果搞比赛,在教室的后墙上开垦出一块学雷锋园地,每个学生的名字都写在上面,做一件好事,名字后面贴一朵小红花。于是,我们整天为了墙上的小红花情绪高昂,当然也许是被雷锋精神鼓舞着吧,好人好事层出不穷,比如扶老奶奶过马路了,帮邻居老爷爷扫地提水了,马路上捡到钱交给警察叔叔了……每件好事都要上报,园地里红彤彤地贴满了小红花,一副百花齐放春满园的喜人景象。然而,有的名字后面就比较冷清，比如我，只有一朵、两朵，每次走过都无限惆怅又十分想不通，谁家的老奶奶没完没了地过马路呢，还有孤独的老爷爷，以及被遗落在马路上的小毛票，都是我不曾见过的。我需要反省一下，见贤思齐了。我决定利用星期天，无论如何要去做一件好事。

白菜地边的春天总是生机勃勃，像用绿色蜡笔描绘过一样碧绿清新，可惜我一门心思想着去做好事，无心欣赏这春日的美景。地里的人们正在忙碌，种菜关乎生计，我不懂稼穑，帮不上什么忙。菜地周边虽然也有老奶奶吧，但是她们喜欢坐在自家门口的石头上，身后梨花开、桃花开、槐花开，现世安稳，岁月静好，她们并不打算穿来穿去地横过马路，所以我就不大有搀扶的机会。至于老爷爷，我们胡同里倒是有一个，可是儿女众多的他好像从来不干家务活儿，只知道去谁家串串门，在胡同口晒晒太阳。他的儿女都比我大，长得又结实，什么家务活儿都不在话下，倒是我们家需要个壮劳力，干些挑煤之类的重活。想来想去，我拿了把小笤帚，一个人默默地走出清水巷，去繁华的大街，去广阔天地，那里生发种种可能，我要去寻找一个学习雷锋的好机会。

出了清水巷便折到东大街，长这么大，我只熟悉这一条路。星期天，东大街上的人比平时多，那个时候车辆稀少，马路便显得比现在宽阔。我夹着小笤帚，在行人和自行车之间张望，只要听到脚步声，立即回过头去，生怕漏下哪个过马路的老人家。

街道两侧的老房子一律低矮，灰瓦灰墙，经历无数风雨，一个个都像坐在石头上的老奶奶似的平静从容。房顶上的小植物们比前几天又长高了些，气象生动，让老房子像抚育幼孙，焕发出新的生机和欢喜，这可是白菜地边人家不常见到的画面。

这一片房子大多是旧房子，院子里没有铺设自来水管道，走一截路，房子前面便直愣愣地崛起一根公用水龙头。几家合用，平时不知道被谁上了锁，星期天才会打开。水流被关了许久，一旦重获自由，自然欢畅无比。水龙头旁边蹲着几个女人，正在洗衣服，水流了一地。我是不是可以帮她们倒倒水？大姐洗衣服的时候，就总是指挥我一小盆一小盆地倒脏水。我深情地看着那几个洗衣服的女人，希望她们给我一个机会，但她们并不看我，在一盆盆衣服之间有说有笑，完全没有觉察到我浑身燃烧着学雷锋的小火苗儿。她们的臂膀结实有力，不会需要我的，况且那么笨重的铸铁大水盆我也搬不动。算了吧，我从她们身旁走过，低着头没有说话。我还是扫扫地好了，做点儿力所能及的事情。

我和我的小笤帚相依为伴，就这样满怀心事地走过许多人家，走过三月的杨树、一棵神秘的老槐树和几根辛辛苦苦拉扯着电线的水泥杆子，像格瓦拉走向丛林，不由自主地有一种悲壮感，一直走到工农俱乐部附近。

俱乐部斜对面有一片不小的空地，我停了下来，再往前走是从未去过的地方，我有些胆怯了，学个雷锋别把自己弄丢了。空地上恰好有纸片，有小石子，还没有被人清扫，机会来了！我环顾四周，像将军侦察将要夺取的阵地。我决定按照学校打扫卫生区的习惯，从四周向中央扫起，如此大事可成。

这块空地位于繁华路段，东大街和华北街在这里交汇。我弯着腰认真扫地，身边不断有人经过，我好像在人群里捣乱似的，把垃圾扫到一块儿了，但也把灰尘荡起来了。北方的春天有花有草，可是因为天气干燥，尘土轻飘飘的，随便一扬就是一场飞翔，于是路过的人不得不避开我扫起来的浮尘，有个大妈一边躲一边怜惜地说："哎呀，这是谁家的孩子啊，怪可怜的，扫这么一大块地方。"

我在学雷锋啊。这是值得称道的好人好事，尤其在春暖花开的三月，我应该骄傲地挺起胸脯告诉大妈，但我竟然头也不敢抬，更不敢说话。如果身边有几个伙伴的话，我们一定会大声地普告天下，然后活蹦乱跳地把灰尘扫得更高……我为什么不拉几个同伴一起来学雷锋呢？懊悔之余，直起身一望，空地变得广阔无边，来往的人们退到更远处，我小小地陷在人世里如入蛮荒之地！更糟糕的是，我对自己的体力严重估计不足，以为万水千山只等闲，一片空地何足惧。谁知扫了半天才扫了两溜儿，灰渣才有一小撮儿，还不够风吹的，我开始犯起愁来。

空地后面是新华书店，午后的阳光慢慢西斜，照得那里明晃晃的，像洗衣服的女人们留下的一片水洼。店门口远远地站着两位大姐，倚着自行车喊喊喳喳正聊得热闹，完全没有来帮我的意思。我已经直不起腰来了，手里的小笤帚也拖拖拉拉，像条累得气喘吁吁的小狗。后来不知道扫了多久，终于咬着牙扫完了，灰尘怎么处理的我已经不记得了，黄昏来临，晚霞像一大片繁密的小红花贴满了天空，我拖着笤帚疲惫不堪地回家了。

  第二天当然把这件好事报告给了老师，说自己扫了工农俱乐部前面的小广场。女老师看了我半天，神情游走在狐疑和鄙夷之间，她当然不相信一个二年级的小女生能独自扫完那么一大片地方，但是看在我成绩好的分上，施舍似的，勉强给我贴了一朵小红花。

  这样的红花得的就不开心，我不再去教室后边逡巡了。后来的好些日子里，我坐在白菜地边的小板凳上，望着高高的天空，看燕子飞来飞去。学雷锋月过去了，扫了个小广场扫得小心脏微微裂了一条缝。科恩说，万物皆有裂痕，那是光进来的地方，可我不知道心里进来了什么。我妈着急坏了，她搞不懂好端端的小孩出了什么问题，隔几分钟就会伸长脖子，从胸腔里长长地、深深地出一口气，好像干了多重的活儿累坏了一样。

过　年

　　日子像风一样飞逝，年关又近了。可惜年味越来越淡，人们过的不是年，只是一个假期，种种需要为年而忙碌的事已不再亲自参与，生活富裕了，需要什么，花点钱都能买到，以至于过年都有些百无聊赖了。

　　想想从前，过年是一件多么具有仪式感的事情。

　　腊月二十三就是小年了，要送灶君爷上天，炒糖玉米的香味和卖祭灶糖的吆喝声萦绕在白菜地边。炒糖玉米从下午开始，家家旺火烘锅，在大铁锅里翻炒。我妈事多，忙到晚上才开始动手。秋天买的玉米棒子让阳光晒得金黄，从大缸里揪出来，我们坐在小板凳上一颗颗地抠，满满地抠一簸箕。簸箕是竹制的，很大的一捧。簸箕里的玉米颗粒饱满，炒起来很费劲，既费体力也考验耐心。斯时，夜色昏暗，厨房的灯火温暖可亲，金黄的玉米在锅铲下慢慢色泽加深，香味四溢。炒得差不多了，加几勺红糖进去，粘了糖的炒玉米吃起来又香又甜。炒糖玉米的过程漫长但充满期待，我们在炉火边又开手指玩翻绳，翻出许多花样，慢慢地等香甜的糖玉米出锅。终于炒好了，将粘在一起的糖玉米倒在簸箕里，用铲子压平，掰一块儿嚼起来嘎嘣嘎嘣响，声震四壁。

　　放糖其实是为了使炒出的玉米又甜又脆，白菜地边的人们却说是为了糊弄灶王爷，希望他甜甜蜜蜜地上天言好事，回宫降吉祥。担心仅以炒糖玉米作为供品诚意不够，人们同时需要供奉祭灶糖。我小时候听话掐音，一直以为这种糖叫"起早糖"或者"鸡枣糖"，想不通为什么会有这么奇怪的叫法。卖祭灶糖的小贩们推着自行车走街串巷，嗓音拖得长长的："起——早——糖——嘞——"我于是想象他们一定起了个大早做糖卖糖，很辛苦。至于"鸡枣"的猜测则源于此物之形状，这种糖红枣般大小，吃起来甜得发腻，而且粘牙，嚼起来喳喳有声。一想到灶王爷喳喳地嚼着糖顾不得说话，我就觉得这个飘飘忽忽的老头儿特别亲切，如邻里乡亲。这么多年过去了，他老人家牙口还好吗？不过，为什么是鸡枣而不是别的什么枣呢？一直糊涂着，直到此刻才恍然大悟，哦，原来叫祭灶糖，不是鸡枣糖。

　　送走灶王爷，第二天开始洒扫庭除。记忆中腊月二十四这天总是天晴日暖，趁着天气晴好，家家门户大开，把屋里能搬的物品都搬出来，被褥晾晒在绳子上，桌椅、小箱柜、镜子、梳妆台以及床下的盆盆罐罐，乱七八糟摆了一院子。搬不动的用报纸覆盖，然后就可以打扫房子了。整整一年风来雨来，四壁积尘。我妈把报纸叠成高高的帽子戴在头上，挑了把新笤帚绑在长竹竿顶端，从上到下，将蛛丝尘网次第扫除，直扫得满脸灰扑扑的。若在这个时候去串门，家家杂物横陈，大致可以据此判断出这家的家底来。每到这天，后面大妈总不忘抽空跑来，再次盘点我家种种旧物，可能这也是她一年一度的乐趣之一吧。

我和二姐负责搬动和擦洗各种家什。摆在外面的东西还好说，床下积年不动的我就不敢伸手。我家床边总放着个黑陶大瓮，专放鸡蛋。物资丰富的时候，鸡蛋都快堆到罐子口了，掀起布床帏，揭开黑陶盖，伸手取几个或煮或炒。当然，这种阔绰的情况比较少，通常只在半瓮以下，不费力就能搬动，但谁知道陶瓮底下有什么虫子正在安居乐业！过年对人类而言值得欢庆，但对虫子们来说那就是一场大劫难，家园尽失，性命堪忧，跑得快的沿着砖缝墙缝瞬间逃走，择日卷土重来；经我一声惨叫吓得呆兮兮反应慢的，被我大姐一砖头拍死了。

我喜欢蹲在院子里洗洗涮涮，方镜子、旧椅子、长桌子、黑陶瓦罐……尤其那个长条案，朱漆斑驳，铜环黯淡，老木头的纹理处处显露着，那时看着很气馁，后来长大了在鬼市上发现这种旧物很值几个钱的，可惜早被我们扔掉了，悔之莫及。天渐渐暗下来，人们也打扫完了，所有的东西物归原处，擦过的灯泡格外明亮，照得那些上了年纪的旧物散发出一种莹润的光泽。四壁张贴好新买的年画，屋子里洋溢着除旧迎新喜气洋洋的气氛，床上晒好的被褥也暄腾腾的，举目四望，心生欢喜。

接下来，连着几天要准备过年的食物。巷子里有一家几个儿女参加了工作,家里挣钱的人多,日子过得红红火火,遂在院子里垒起大炉灶,起面蒸团子。团子形似豆包,玉米面居多,再掺杂一点白面发好了,熬匀捣好的红豆馅,拢于其内,大笼屉一下子可以蒸好几层,一直吃到正月十五。团子蒸好了,左邻右舍送几个,我喜欢吃里面的红豆馅儿。

我家只炸麻花、馓子和丸子。要过年了,这么重要的日子,我妈很高兴地买了五斤猪肉回来,叮叮当当剁了好久,和着粉面、姜、葱搅匀了,一盆黏糊糊的肉沫。油锅支起来,炸出香喷喷的肉丸子。据说父亲手巧,炸丸子时抓一把肉沫,五指微张,稍稍用力,可以同时挤出四个丸子,形状圆润,个头均匀,火候也掌握得好。我妈学着他的样子,也抓一把,却只能从虎口里一个一个挤出来,再用小勺子拨到锅里去,神情虽然专注,动作却很笨拙。

炸麻花、炸馓子需要全家一起动手。麻花和馓子不知从何地传来,也不知因何得名,在我们这里,早已成为家家必备的过年食物,花样稍有分别,味道大致相同。做麻花的面团分两块,想搁红糖搁红糖,想搁白糖搁白糖!将面团擀薄,切成长方形的小面片,中间划一刀,我们喜欢一块红糖面一块白糖面捏在一起,一头从中间切割处翻下去再扭上来,如此扭几下,成为真正的扭股麻花。炸好后金黄油亮,深浅相间,卖相十足。至于炸馓子,我家的做法简单,面片稍大,中间多划几刀,拉长即可下锅。品相糙了点儿,所幸味道咸香不腻。我见过巷子里手巧的人家,馓子做得很地道。长长的一根面在手上不停地绕,绕很多圈,炸出来黄澄澄的一团,有很多层,吃的时候一根一根掰下来拈在手里,

翘着兰花指,优雅极了。

为过年而准备的民间传统美食是每个人舌尖上的记忆,其制作过程洋溢着罕有的富足与快乐。白菜地边人家的烟囱高高低低,油烟冉冉上升,空气中弥漫着食物的香味。那时的油固然不是地沟油,烟却很重,所以我兴冲冲地在厨房里待不了多久,就被熏得头昏脑涨,很不情愿地下了火线去屋里躺着了。其实我并不想争做劳动模范,醉翁之意罢了,都是平日里吃不到的好东西嘛,新鲜出炉,我如不往,子宁不来?我的这点儿小心思,母亲和姐姐们很是了解,一出锅就满满地盛了一小碗,端来放到我枕边。终于来了啊,此心一时有了安放处,头疼得吃不下去,闻着香味不知不觉睡着了。

一觉醒来,看见我妈正在灯下飞针走线,给我们的新衣服缝扣子,给棉袄、棉裤绷上干净的袖口、下摆和裤边。整整一个冬天了,袖口裤边擦来擦去已是又脏又破。天寒地冻,跑出去玩雪、砸冰凌子当冰糖吃,冻出来的鼻涕一把抹在袖口上,时间久了硬邦邦的。过年换一换也算面貌一新,并且外面罩了崭新的花褂子。花褂子是大姐拿了攒下的布票和钱,排了好长的队从供销社里扯来的呢。褂子上花团锦簇,一番喜庆的气象。其实裁缝们做出来的样式很土气,但我为了一件新褂子,高兴得大半宿没睡着。

一年年日子催人,窗外夜空辽远,月朗风清,不知道白菜地边有多少窗户上晕着灯影,灯下有多少母亲正缝着衣衫。每位母亲身边一定有孩子的父亲抽烟作陪吧?不要紧,至少和他们一样,我们也是一家人挤在大炕上。灯下的母亲放下针线，没有立即睡去，那身影是孤独的、坚强的，满怀希望的。我只顾想着花裤子偷乐，顾不上去想——也不懂得她老人家的心思。

现在过年，母亲不再动手了，日子艰难的时候性情温柔，生活好了却厉害得像个孩子，往沙发上一坐，想训谁就训谁。电话一响我们一路小跑，召之即来，挥之即去！往事深深浅浅，她老人家都付与明月清风了吧。

母亲老了，我们也渐渐老去，很多事物逐一走远，过年的快乐还有多少？生活越来越好，心灵却无所归依。看看新年将到，忽然想跟孩子一起忆苦思甜。小姑娘心不在焉地边听我唠叨边玩手机，我知道她一句话也没听进去。于她而言，过年就是北窗冬阳足，高卧日迟迟。钱财衣物视如尘芥，大有晋人之风范。

梦落无声

很多年过去了,我仍然清晰地记得那个夜晚。

如每个夜晚一样,那晚的世界也是不慌不忙地黑下来、静下来的,人们在酣睡中陷入悠远绵长的梦境,而我在深深的午夜时分忽然间醒来了,在黑暗中睁大双眼。屋里的黑影并不浓重,我先盯着屋子的顶棚看了一会儿。顶棚很薄,是用一种金银线编织的材料打成的,好看是好看,但一点儿也不结实。我们没什么钱,图的是便宜。没有灯光,看不见金线和银线,却听得见顶棚上传来唰啦唰啦虫子跑去的声音。顶棚下住着我们,顶棚上住着它们。不知道它们在晚上有什么好跑的,寻找食物?锻炼筋骨?总之是为了生存吧。幸好那时我还不知道它们的面目,也不知道有多少种类,不然的话,我绝不会在那个夜晚心游万仞,思接八方。

看完了顶棚,透过花布窗帘我能看到外面的星空。天空上月亮高挂，但从我的角度看上去星星们才是主角，每一颗都亮晶晶的，在黑丝绒一样的天幕上热闹又宁静。夜晚大概是一场隐秘的狂欢，闪烁的星光返照屋内，那些家具因而半明半灭，完全褪去了白天的寒酸相，像一幅恣意生发的水墨画。不过我那时不知道水墨画这样专业的说法，也看不出什么意境，毕竟我只是个小学生，只是觉得摆脱寒窘，心里比较适意而已。情绪一好上来，毫无来由地脑子里忽然闪过一个念头：我要做个多才多艺的人。为什么会产生这样的念头？我不知道。白天没有受过什么刺激，也从未得到过艺术的熏陶，如果年画不算的话，那么，所自何来？顾不得这些了，我被这个疯狂的想法激荡着，仿佛看见如花的前程。

被这个豪华的想法震撼之后，怎么实现我就不知道了，似乎画画比较容易实施，一支笔，半张纸，随处可以描画。先从课本上的小明画起，山水花草好临摹，小明是个人，就不太好画了，但我不气馁，上课偷偷画。数学课当然是不敢画的，数学老师有根指头粗的小棍子，专拣人的手掌狠狠敲打，打得青筋暴起。

语文课就不一样了，仗着成绩好就敢画几笔。有一次画得实在太高兴了，物我两忘，一时不知身在何处。满堂的小学生却知道我在哪里，他们正屏住呼吸，黑亮的眸子齐刷刷地在我和语文老师之间看来看去——我们敬爱的语文老师正一瘸一拐地走下讲台，叫了我几声，我没有反应，他要亲自过来看看我在干什么。平时他走路嚓嚓的，老远就可以听到！这次我沉迷于绘画不能自拔，任何声音过耳不闻，小伙伴们也不敢提醒，有些小朋友甚至为即将上演的一幕紧张又激动：啊，接下来老师会弹小闲一指？拍她一下？或者踹她一脚？这可是捣蛋的男娃们的特殊待遇！

老师不动声色地走到我跟前，看我趴在桌上吭哧吭哧地描、擦、抹、染，手指因为涂擦画稿而变得乌亮亮的。他老人家一声不吭，看得饶有兴味，他要看我到底能画出个什么东西来！更重要的，可能他想看到我惊觉后的慌乱。等我画完一幅小画，心神回归人间，才感觉四周有些异样，咦，教室里为什么这么安静？一抬头，发现老师那双顽皮的小眼睛一闪一闪，他要笑出声来了。于是，如他所愿，我格外木呆呆的，下意识地伸出小黑手去捂我的画作，脸红得像个小苹果。老师的恶作剧收到奇效，伸出大手掌在我后脑勺上轻轻一刮，笑呵呵地走回讲台。

这个老头子对我太宽容了，不，是太宽纵了。

等我终于把小明画得像小明了，花花草草更不在话下，寥寥几笔，境界全出。小野花小绿草，在书本的某个角落招摇，当它们不期然地与老师的目光相遇的时候，不知道老师做何感想。我特别喜欢画一种流云，不是那种堆叠在一起的，而是长长的类似弓形，简洁抽象，那种流法真像水一样。后来每到节日，手绘一些明信片送给同学，都偏爱这种流云。于是渐渐地有小粉丝开始崇拜我了，我会画画儿！

到了初中，已经敢对着山水风景临摹一番了。铺开大大的白纸，买来笔墨水彩，画法比较笨，先用铅笔勾好轮廓，再用毛笔点染色彩。有一幅不知什么人创作的竖幅，画的是王维"远看山有色，近听水无声"的笔意，山上一挂瀑布飞珠溅玉。飞珠溅玉的手法我也学会了，拿毛笔笔尖随便点，点过之后再看，果然增加了几许活力。其实现在想来，这幅画构图太满，画得太实，沉闷呆滞，远不如齐白石老先生"蛙声十里出山泉"空灵活泼。

临摹得最成功的是一幅牵马图。画面上没有人，画上的马膘肥体壮，两条前腿高高抬起，头颈高昂，很不情愿被牵走的样子。一根缰绳笔直地倾斜向下，不知牵到哪里去了。我很用心地画好，被二姐拿到学校参加师生画展，冒充是自己临摹的，获奖了，奖品却没给我。

如果说有点"创作"意味的话，那就是仕女图。瓜子脸，樱桃嘴，细眉细眼，云鬓垂髫，霓裳如泻，线条柔软得一看就是富贵人家的女子。绫罗绸缎堆一地，再斜倚个栏杆，旁边点缀几块瘦、漏、皱、透的假石，添几笔花花草草，极尽工巧之能事。画完之后四顾踌躇，觉得还不错嘛，跃跃欲试地就想去展示展示。难道初下决心的那个夜晚，潜意识里我就是为了高昂着头活出自信来吗？

机会当然是有的。元宵节很快到了，那时家家自己糊灯笼。巷子里家境好一些的像妖大妈家喜欢用一种缎纸，色彩明艳，闪闪发光，摸上去还很光滑，糊出来的灯笼精美华丽，妖大妈就笑得比较得意。缎纸价贵，我家糊灯笼用平时祭祖烧香的五色纸，难免粗糙一些。但不要紧，我们扎好六角宫灯样的灯架子，我用白纸画了三幅不同的仕女图糊上去，灯挂起来，在整条巷子里显得别具一格。大妈小孩子们都围拢过来，妖大妈啧啧了几声："小闲还会画画呢。"

是夜，下雪了，巷子里一盏盏亮起来的五彩灯笼在风雪中发出温暖的亮光，狭长的小巷也因为一路蜿蜒而去的灯火

显得如梦似幻。那些仕女们在风雪之夜多少有些寂寞。后来她们就不寂寞了,再糊灯笼就有人找我画侍女图,我妈也不征求我的意见,一口应承下来,一点儿都不会做经纪人。话说回来,反正都是白菜地边的普通人家,不懂阳春白雪,只要红红绿绿涂两笔,彼此满意,皆大欢喜。照此下去,就算多才多艺的梦想实现不了,至少我会成为一个画匠吧。倘若有人问我有什么才艺,无须多言,拿出画笔唰唰两下,多么快意。可惜世事难料,梦想从来处倏忽而来,又从去处倏忽而去了。

梦想离去的那天我也永远记得。语文课上,老师讲的我都听懂了,于是拿出自制的画本开始给老师画像。这可是我第一次对着活生生的人物下笔,看一眼画一笔,仿佛认真听课记笔记似的。这位老师长得很有特点,粗短的脸,横眉大眼,比例不太协调。画完了也下课了,老师径直走过来。他早注意到我了,虽不像小学老师那样偏爱我,但还比较客气。他拿起画本看了几眼,默默地还给我。没有把老师画得帅一点儿,我也有些不好意思,把画本塞进桌洞里跑出去了。等我回来,发现教室里气氛诡异,很多男生瞅我的眼神都不一样了,发现我是小画家大感意外?不太像。我的画本赫然出现在课桌上,他们趁我不在的时候偷看了每一页,并且将猪八戒那一张摊开来重点展示。

画本用教案本对折订成,厚厚的,画满了人物、山水、花卉、动物。临摹的那张猪八戒笑呵呵的,别说猪耳猪嘴小眼睛了,连钉耙都画得十分逼真。问题就出在二师兄的大肚子上,二师兄肥胖,直裰毕竟遮不住,你们知道,裸露的胸腹有个成语可以形容，偏偏我又画得纤毫毕现。男同学们一定及时联想到这个成语上去了，于是，某个正直敢为的男生提笔在猪八戒的肚子上愤怒地写下两个字："流氓！"

小闲同学顿时觉得氧气不够用了，呼吸急促，羞愤难当，一个女生被人骂作流氓那就没脸活了！为了证明自己的清白，我拿起画本在众目睽睽之下将画作一张张撕得粉碎。被撕碎的梦想纷纷飞落，有几张飞到了同桌男生的书本上。

有人撕扇，为了傲立于世；有人摔琴，为的是酬谢知音；而我撕画，纯粹是为了赌气。晚上意绪难平，连顶棚上的虫子都忘了。碧海青天明月心，我发誓再也不画了。可怜当时明月照进我的窗子，月光清凌凌地倾泻一地，梦想却像风儿一样溜走了，没有照进现实。

爆米花儿

下班后我去等公交，沿着长长的铁轨走到尽头，我打算走捷径。踩着高跟鞋辛辛苦苦下了一个小土坡，横跨铁轨，再慢慢从对面的小土坡升上来。爬坡的时候，看到远处的公交车站牌下，一条细长的麻袋胡乱堆在地上，麻袋的旁边是小马扎，马扎前竖着两截裤腿。

这个公交站已接近城市的边缘，一向没什么人等车，虽然对面有个小区，但小区居民鲜有成群结队坐公交的时候。公交车从繁华的市中心开过来，匆匆忙忙在这里停一下，漠然地点一点头，放下一两个人，然后迅速地再向前跑一站，在一片更加荒凉的地方刹住车，终点站到了。所以，这里是喧哗已尽、荒凉开始的地方。裤腿里套着的汉子显然不是在等车，他稳稳当当坐在马扎上，默默地忙碌着。我蹭到站牌下，装作不经意的样子，认真打量他以及他面前那堆灰扑扑的劳什子。

那堆东西我是认识的，小火炉，小风扇，形状奇怪的、沉甸甸的大肚子铁锅，以及大麻袋，堆满了那一小块地方。运输东西的三轮车此刻正在歇息，斜斜地顶着马路牙子，百无聊赖地等待着收摊的一刻。这些都是爆米花儿的家伙什儿，在我没来之前，不知道他已爆了几锅，几小包爆米花儿作为样品，也作为商品被装在透明塑料袋里，整整齐齐摆在地上，藏头藏脑，多少有些乡下亲戚的窘迫样子。

汉子一副乡下人打扮，深蓝色的中山装近乎黑色，泛着陈旧的气息，蓝裤子里有红秋裤吧？只见他气定神闲地坐在马扎上，漫不经心地一手摇风扇，一手摇火炉，一声也不吆喝。面前有人走过，好像与他无关。汉子的背后是一片小树林，正值暮春时节，小树林里芳草萋萋，开满了黄色的蒲公英，衬得身穿黑蓝色衣服的汉子鲜亮起来。

我站在站牌底下，站在他的摊子前，他没有抬头主动招徕生意。对他"大隐隐于世"的风范我没有什么意见，但看着那几包爆米花儿，我特别想提醒他，那么美好的东西怎么能这样委屈地待在塑料袋里呢，它们可是我小时候总想一膏馋吻的美味呀。

小时候家住白菜地边。阔大的菜地，虽然没有一小块儿属于我们，但看着白菜在晴好的天气里种下，在风雨后长出来，一排排直长到天边似的，就觉得生活安详，内心踏实。可惜白菜只能拿来做菜，对于小孩子来说，不能随时拽一片在嘴里嚼着，真是一种遗憾。零嘴，除了能够满足孩童关于美味的诸多想象，有时候也是炫耀的资本。香喷喷的爆米花儿是贫寒年代的主要零食之一，如果再加一点儿糖，啧啧，别提多好吃了，据说玉米还营养丰富！不过最主要的是爆米花儿便宜，是白菜地边的孩子们不挨骂不挨揍不用号哭就可以得到的。

春天来了，槐花白生生开了一树，那时爆米花儿的也是个汉子，也是坐在树下，一件一件摆开他的家什。各条巷子里玩耍的小孩子不知哪个眼尖，一声呼喊，爆米花儿来了的消息不胫而走。小孩子们大声叫嚷着飞奔而来，迅速会聚在槐树下，叽叽喳喳，兴奋难耐。

用来爆米花儿的玉米家家都有，巷子里不断有大人端着盛满了玉米粒（我们叫"玉茭稞子"）的搪瓷茶缸走过来，以爆米花儿的汉子为中心围成一圈儿，耐心地等着自家的爆米花儿出锅，顺便热烈地说着家长里短。各家的瓷缸有序地放在地上，如一条蜿蜒的长龙。瓷缸大小不一，五花八门，少有崭新的、完好的，大多掉了瓷，茶缸身上的"为人民服务"或者花花草草漫漶不清，然而因为装满了玉米，每一个破茶缸看上去都那么迷人。

爆米花儿的汉子不管这些，在一片嘈杂声里愉快地忙碌着，此刻他就像骄傲的君王，周围都是他的臣民。有的大妈恨不得插个队，或者殷勤地搭两句话，好像这样他家的玉米就会爆得特别多，特别香甜。

那个小火炉用铁皮桶改造而成，桶口挖掉一块儿，弧形的缺口像半个月亮，与铁锅鼓鼓的肚子相得益彰。炉子里炭火熊熊，汉子的脸被映照得红通通的。火炉上不停转动的胖肚子铁锅，孩子们默默研究了许久，始终不明白为什么要做成这种奇怪的形状，肚子厚厚的，盖子也厚厚的，封闭得严严实实，百转千摇，始终是一副坚不可摧的样子。铁锅里是个神奇的世界，一小缸玉米倒进去，爆出来的却是偌大的一堆。

爆米花儿的汉子不来的时候，白菜地边的人们也会自己炒点儿玉米、豆子吃。黄澄澄的玉米在铁鏊子里不停地翻炒，终于变成黄褐色了，放点儿红糖，掰成一块儿一块儿，嚼起来嘎嘣儿脆。可是和爆米花儿相比，比较费牙口，而且模样土头土脑，拿不出手。

汉子将那个火炉摇了很久了，小孩子们实在按捺不住，就跑到茶缸队伍里去，比谁家茶缸里的玉米盛得更满，吵嚷着把那些茶缸挨个往前推一推，好像每向前推进一厘米就能早一刻吃到爆米花儿似的。奇怪的是缸子虽然同样破旧，掉瓷掉得气象万千，各家却认兄弟一样绝不会认错。生活枯燥、沉闷，一捧爆米花儿就让白菜地边洋溢着无尽的欢乐。

巷子里有个黄毛丫头叫"小猴"，比我大两三岁，衣服从来不打补丁，打扮得总是很洋气，我们惹不起她，眼睁睁看着她蛮不讲理地把她家的大瓷缸向前推进了一大截，插在了小西家的前面。小西是个男孩子，身材高大，细眉小眼，站在我们身边没有吭声。小西的妈妈太厉害了，擅长叉着腰吵架，吵遍小巷无敌手，于是懦弱的小西就成了我们鄙夷的对象。

在人们七嘴八舌的吵闹声中，汉子忽然站起身来，提着摇柄把锅拎到张着大口的麻袋边去。那个麻袋也很奇特，前面部分鼓蓬蓬的，汽车轮胎似的材质制成，阔大而结实，好像专门为了铁锅在里面剧烈地一爆，然后白花花的爆米花儿从麻袋另一端流淌出来。

第一锅爆米花儿终于要新鲜出炉了！小伙伴们大声叫喊着向后退了退，纷纷捂住耳朵，小心脏扑通扑通跳，等着山崩地裂的一声巨响。每次我都离得远远的，从来没看清汉子是怎样地一踩、一拎、一抖，但不管我如何准备，总是被那声巨响吓一跳。

有个小孩子欢呼着跑到麻袋后面去了，帮着大人一边往簸箕里划拉，一边往嘴里塞一把。

我妈也拿着大簸箕笑眯眯地站在人群里，父亲不在了，我家的玉米，气象大不如前。父亲收获的那座高高的新玉米堆犹如梵高的一幅油画，在我渺远的记忆里闪亮、清晰。玉米粒不够饱满，但我们并不气馁，茶缸队伍庞大，混在里面不至于太难堪，等我家的爆米花儿出炉了，我妈端着满满的一簸箕，腰身挺得笔直，请大家抓一把品尝，虽然没放白糖，可是又香又脆，那滋味永远也忘不掉。

这才是爆米花儿，爆米花儿就应该这样自由、豪气地堆满怀，而不是娇贵、拘谨地挤在塑料袋里。我满怀同情地看着公交车站牌下的汉子。

如今根本不缺爆米花儿，不知谁发明了漂亮的玻璃柜子，瀑布一样不停地流泻出橙黄色的爆米花儿来。玉米粒还是原来的玉米粒，可一登华堂，身价倍增。人家是加了奶油和蜂蜜的，漂漂亮亮装在纸袋里，被人捧在手心……时代不同了，传统的爆米花儿固然不能再堆在簸箕里，但如果换个洁净好看的包装，我觉得应该能提高些销量。我张了张嘴，想诚恳地给汉子提个建议，我虽然在等车，可陪了他这么久，总觉得应该承担一点告知的义务。不过汉子不这么认为，我盯着那几包爆米花儿看了半天了，他关心的是我到底想不想买。他抬起黑瘦黑瘦的脸问道："要吗？两块一包。"我羞愧地摇了摇头，虽然对传统的爆米花儿情有独钟，可他摊子上摆放的那几包萎靡不振的爆米花儿实在让我失望。

公交车呼啸着开过来了。我绷紧了神经，觉得汉子的这一锅应该炒熟了吧，在我转身上车的时候会不会爆出一声巨响？可惜公交车略微一停，又呼啸着开出去了，我终究没有听到那深藏于记忆中的熟悉的声音。

车外的汉子和他的爆米花儿摊子越来越远，萧条得令人忧伤。他身后除了站牌，也有一棵槐花树，一树的绿叶子，没有开一朵槐花。

命如浮萍

小区里有个小姑娘，和我一样，每天早早地出门。我是去挣钱糊口，小姑娘则挎着个小包，兴冲冲地向南、向南。我们这样彼此相伴有十几年了，同一条路被我走得意兴阑珊，但人家永远兴味盎然——可怜的孩子刚生下来就发高烧，据说脑子烧坏了。倒是知道吃得饱饱的，到处看看、转转，天黑还懂得回家来。在她眼里，世界每天都是新的吧？眼看着黄瘦的小丫头水灵灵地长大了，成熟饱满得像水蜜桃一样，不由得让人想起小几和他的老婆来。

小几是我家较早的房客之一。那个时候白菜地边的人家招租，不用中介，不用招贴，家家门户大开，想租房子，直接上门察看，院子大不大，屋子高不高，一目了然。

小几是在某一天中午来的，斯时炊烟还未散尽，一院子人捧着饭碗一边吃饭一边谈笑，像往常一样热闹。小几的到来，其实也不值得大惊小怪，谁家没个生人探访呢。但是，当他推着笨重的二八自行车，笑眯眯地踏平地如履山川，向着我们崎岖而来，情景就不一样了，院子里所有人都惊呆了，放下饭碗，风好像都凝滞不动了。

一个人但凡引人注目，或者奇美，或者奇丑，而小几则属于奇怪的一类。他的后背高高隆起，藏了一口锅似的，两条腿长短不一，一小截平坦的路被他走得深一脚浅一脚，看着令人难过。至于胸脯那里的凸起，后来我才知道那叫"鸡胸"。巷子里的一些公鸡母鸡也挺着鸡胸，可是二者不大相同。总之，小几形貌怪异，一副"文似看山不喜平"的样子，把我们都吓着了。

小风重新吹起来，大家尽量装出平静的样子，小几却是真的平静，活了三十多年，想必对人们的反应已经习以为常。他站在我家细生生的榆树下，笑着问道："有房吗？"

一听说是米租房的，我妈立即精神抖擞，"有啊有啊"地起身招呼他，把他领到了小厨房。

厨房里空荡荡的，梨花满地不开门，已经寂寞了很多天。上个神秘的房客去如春梦了无痕，当然也没有什么可以顺走的。白菜地边的人家没有朱门广厦，我家的房屋更是过于简陋。厨房狭小，但对小几来说很实用，他把锅碗瓢盆和铺盖背来，一条好腿如转轴，晨昏忧乐都在一转之间。

按说身体残疾如此，小几完全可以夹根拐杖，去江湖上加入丐帮，运气好的话听说月入斗金，否则，房费安能保证？要知道，上个房客可是一位衣着光鲜头脑聪明的生意人，居然欠下一个月房费不知所踪！与他相比，小几的情形不免让人担心。不过那个年代凭着残臂断腿行乞要钱的似乎也不多见,更不要说装神弄鬼骗人钱财的神婆神汉了。过了几个月,我们发现所有的担心都是多余的,小几才是个真正的生意人,收个废品都收得顺风顺水,房费从不拖欠,人也很勤快。天一亮便推着他的自行车,背着大大的罗锅,挺着高高的鸡胸,拐着一条腿出门了,直到傍晚才乐陶陶地回来,车把上挂着一把蔬菜和一刀猪肉。老天赠他瘦、漏、皱、透,他以何回报?至少吃得浓油赤酱!小厨房里一阵叮咚乱响,过一会儿,一缕肉香飘散出来,惹得我们端着白菜豆腐的饭碗,齐刷刷地歆羡不已。一个人畸形到这种程度,竟然还活得热气腾腾,这让巷子里那些四肢健全却游手好闲的家伙情何以堪。

何以堪?动手抢!

有一天,小几比任何时候都回来得早,神色仓皇,不言不语迅速躲到屋里去。过了一会儿,安静的大门口一声惊雷滚过,就差没有飞沙走石了。来人气势汹汹,拨马叫阵:"小拐子,小驼子,小……你给我出来!"

显然还有一项残疾他没有办法定义,我们闻声跑出去。只见叫嚣的大汉身材壮硕,正横在大门洞口,手里挥舞着一把菜刀。小几带着他的所有特征早一步出来了,立在大汉面前,菜刀在他的后脑勺、耳朵边、头发梢儿不断盘旋,像在找哪里下手痛快一样。可怜的小几比大汉矮大半头,一缕斜阳照在他的后背上,罗锅高起微微偏右,可能老天想要把他卑微地压下去吧,但同样高起的鸡胸又把他顽强地顶了起来,小几的生命被夹在两个附属物中间小草一样柔弱,用不了几下就能砍个稀巴烂。小凡努力挺直身子，虽然是租来的房子，但也算自己的地盘，有一种可以倚仗的感觉，他哆嗦着坚决不屈服："抢劫啊？你砍，你砍！"

唉呀，残成这样还敢顶嘴。我妈十分惊慌，但是她老人家想也没想就冲了过去，更加弱小地站在大汉面前，悲壮地要去拉架。只听我妈颤巍巍地喊道："这是怎么了？这是怎么了？有什么不能好好说的，啊？"

大汉后来如何恐吓我已经忘记了，菜刀终究没有落下来，夜幕却落下来了。前后院子静悄悄的，邻居们也许听到了也许没听到，没有一个人跑过来，只有西风吹拂，夜色微凉。离白菜地更远一些的房子影影绰绰，所有的人家都亮起了灯，一盏一盏，那么遥远。我站在屋门口缩成一团，好像是自己陷入孤立无援的境地，又害怕又哀伤。

事情过去后，小凡和我家的关系近了很多，归来的车把上偶尔会挂点儿别的东西，比如一个苹果，那是送给我的。当然这种情形很少，毕竟不是腰缠万贯。更多的时候，他会把院子里的垃圾、污水倒掉，帮我妈分忧解难。不过遇到两个污水桶，他就不够孔武有力，需要我搭把手。一条扁担串起来，我在前面，小凡在后面，一颠一颠地走在巷子里。那时的我年纪小，对一切事物平等相待，这样的生活也没觉得有什么不好。

小凡多半也是乐天知命的，出入之间摇摇晃晃，却快快乐乐。作为一个快乐的单身汉，还是个小有积蓄的单身汉，这样的资源怎么能够闲置呢？巷子里的大妈慢慢关心起小凡的个人生活来，经常跑到我家小厨房，品评小凡的模样，估算小几的资产，看介绍谁家的姑娘比较合适。我妈也不能免俗，迅速加入热心的说媒队伍，端着碗也跟人喊喊喳喳讨论半天。其实小几的外在条件谁不清楚呢，有什么可讨论的。男人们遇到小几也主动地打起了招呼，笑得神神秘秘，一种大事就要发生的气息在巷子里酝酿。

　　过了一段时间，事情终于尘埃落定，我妈带领我们接连扫了好几天院子，大妈们则帮着收拾小厨房，门上贴起红彤彤的"喜"字对联，狭小的屋子立即变成眉开眼笑的幸福模样。住在我家东房的房客主动包揽了做饭的任务，小几成亲那天，他一大早就开始和面，在大炕上摆了张大大的案板，面条擀得又细又长又筋道，一簸箕一簸箕郑重地摆放在东房。其实他自己还是个光棍呢。担当大厨的则是前院的男人，本来互相之间不大走动，不知我妈使出了什么招数，全巷子的人们合纵连横，共同张罗，忙得不亦乐乎，比过年热闹多了。

　　吉时一到，鞭炮齐鸣，白菜地边的人兴高采烈，扶老携幼，呼啦啦围拢过来，好像大家一起结婚一样，我从没见过这样兴奋的婚礼参与者。小几被人簇拥着，乐呵呵地很有新郎官的精气神，步步颠摇，像是幸福地喝高了。更多的男人则围在新娘周围。人丛中的新娘白白胖胖，两根大辫子又粗又黑，扎着红绳，在男人们的推搡中像两条被激怒的青蛇，甩来甩去寻找攻击对象。可惜一旦得手，气势顿减，仍然是两条没用的大辫子。不过新娘子并不气馁，辫子没起作用就鼓起腮帮子，用力把唾沫啐到那些男人身上。

　　很显然，这才是男人们哄闹的原因！新娘子名叫"红英",据说姑娘还是很新鲜的,只是脑子不好使,但娘家人拍着胸脯保证,只要勤加教导,正常的家务活儿还是可以胜任的。"金瓜配银瓜,西葫芦配南瓜",这种世俗的说法也许不无道理,可是场面看上去不免让人觉得心酸。残缺的小几就要开启他的完整人生了,似这般良辰美景,一轮月亮水盈盈的,小厨房在青青屋瓦下沸反盈天。不过这一切离我越来越远,我一边困得迷迷糊糊,一边担心新娘子唾沫吐完了两人会不会打起来。

  第二天,邻居们比新人自己还关心他们的新生活,一大早就来看热闹。新婚的小几神清气爽,笑呵呵地做着早饭。屋子狭小,晃过来被媳妇啐一口,晃过去又被啐一口。他的新媳妇大辫子歪斜了,坐在床脚怒气冲冲,完全没有"我既媚君姿,君亦阅我颜"的你侬我侬,看来昨夜一架果然打得不轻。可是饭一做好,不等小几呼唤,新娘子立即跳下床抢了一大碗,吃饱了重新端起睥睨众生的架子,仇恨地斜盯着每一个来串门看热闹的人。啧,没有一个人是认识的吧?亲人们一大早把她打扮得花枝招展哄出门,莫名其妙就到了这么个陌生的地方,遗弃这件事情是她永远也想不明白的,甚至连悲伤都不懂,只会用本能的愤怒来应对突如其来的改变。红英的家人以出嫁为借口冠冕堂皇地把她像包袱一样甩掉时,可曾有过一点心疼和愧疚?恐怕没有。因为没有一个人送嫁,后来也没有一个人来探望。

  好在小几对媳妇还是疼爱的,洗锅、扫地这类简单的家务活儿教导了无数次,气急了屁股上揍两下,不过红英那么胖,弹性那么好,一点都不疼,所以从来不怕他。痴痴傻傻

的红英，家务活儿干得乱七八糟，根本不是娘家声称的"尚能教导"。后来干脆什么也不干了，整天坐在床脚，勾着两条腿，神情里无悲无喜，不忧不惧。吃饭倒是从不含糊，饭量很大，吃得更胖了，小几外出赚钱的时间比从前长了。

巷子里的人们认为自己做了件好事，从不去想好心也能办坏事。生活还在继续。红英不再啐人了，对人淡淡漠漠，只有看我的时候才会亲近地傻笑，大概在她眼里，我俩一样一样的，都是个孩子。

作为一个头脑简单、心思单纯的二年级小学生，也许我和红英之间真有心灵相通的地方也说不定，比如我们会一起看着天空发呆，晚上做作业的时候我会拉她过来做伴。红英很听话，让她坐到哪里就坐到哪里，不让出声就不出声，两手交叉着插到袖口里，笑眯眯的，像黑夜里孤零零的向日葵或者别的什么植物，安安静静，老老实实。现在想来，痴痴傻傻也许是一种无欲无求的境界，饥则食，渴则饮，困则睡，近乎参禅，没有烦恼。不过后来红英再也没有陪过我了，除了智障她还有"羊羔疯"，发作起来非常可怕，小几被吓得半死，到底把红英送回娘家去了。

一个傻子离家这么久，居然懂得回家是件幸福的事情。一大早红英就把辫子梳得整整齐齐，小几送的红围巾在头上包了又拆，拆了又包，跑过来在我面前摇头晃脑，红围巾里是白生生胖乎乎的大脸，笑得像一个孩子。回到家不到一个月，红英再次发病，居然抽死了，无论如何，总算死在了自己家里。小几去为她送葬，但也许没有去，我已经不记得了。这个世界一年年花谢花荣，总有一些事物不同于昨天，也有一些事物始终如一。小几依旧勤勤恳恳，几年后攒了一笔钱，贴身藏好，荣归故乡去了。

贫穷的小山村里，田野一望无际，一排排杨树黄了又绿，绿了又黄。小几在其间仿佛一棵奇松，枝桠横斜。听说他赚了一兜子钱，一定过着酒瓮边行花丛中坐的日子吧，如羲皇上人？算了算了，这样的想象连我自己也不大相信。生来残疾，真是一件悲惨的事情。小区里的傻姑娘长大了，以后会不会像红英一样，被连哄带骗地嫁到一个陌生的地方去？想想就让人担忧。

没有白菜的时光

四月里去看看您

今年一进四月,天气似乎没有晴过,虽然草长花开了,却连日阴晦不明。

春和景明的四月,固然想去看看您;而阴晦的四月,更加想去了。可能阴天格外让人多愁善感,可能人到中年愁怀愈发地重了,万千心事与谁说?我得去找我妈和大姐商量一下。

小时候去看您是不用商量的,每年一进四月,我妈便带领我们开始准备各种供品。钱这东西是万万不能缺少的,多多准备,到哪里都用得上。至于您喜欢的酒和猪头肉当然也少不了,所有的东西被我妈包了好几大包,人人手里拎一份,我们浩浩荡荡地一起去看您。

我想您是知道的,出发的人群里除了我们,一多半是亲戚的子孙,大家同一个祖宗嘛,结伴而行还是很有必要的。

但人一多，秩序就不能保证。看您，本来是件严肃而郑重的事情，可是同行的那一伙小孩一路上大呼小叫，前蹿后跑，兴高采烈地就成了结伙踏青。

那时的四月，天空湛蓝，万里长风在茫茫田野通行无碍，吹得小草绿油油地冒出头，吹得野花妖娆地盛开，难怪小孩子们兴奋得不能自已。我们走在春天的田野，泥土干燥、温暖的气息扑面而来。田野那么广大，如果不是亲戚在前面领路，我都不知道您在哪里。

好了，到您的坟前了，带路的亲戚先跑去给他的亲人除草、添土，我跟着大姐认认真真分配祭品，很大方地把带来的纸钱和食物分给列祖列宗。唉，生前不相和睦，死后相敬如宾吧，现在明白没什么好争的了吧。一人一块隆起的坟茔，桃花林里共享明月清风。

一个男孩子特意跑到您的坟前，细心地蹲下来清理您坟头的杂草，他比我大一两岁，我该喊堂哥还是表哥？您都没有来得及告诉我。大眼睛的男孩子在四月里，一面拔草一面偷偷看过来。

培土除草很是辛苦，太阳当头照，四月的地气慢慢升腾，小堂哥热得脱了夹衣。我也很热，夹衣虽薄，但棉裤很厚。我妈说春风入骨，不过清明不许脱棉裤，于是，棉裤里的热气不断冒出来。我穿着厚厚的棉裤，笨拙地弯下腰又直起来，悄悄脱了秋裤的两条光腿在里面汗淋淋的，脸也热得通红。

脱了夹衣埋头苦干的小堂哥，从他臃肿的身形看上去，大约也像我一样不敢脱掉厚厚的棉裤吧。

坑挖好了，我们在大堂哥的带领下，一起跪在草地里磕头、数数，又爬起来，顺着坟头依次磕过去，尘土扬起又落下，那个场面热闹又欢乐。酒食等供品堆在坟头，元宝纸钱、绫罗绸缎一层层放进坑里化成灰，大姐特别给您放了很多大面额的钞票，您收到了吧。受了那么多年的穷，在那边的日子一定要富庶，出手要阔绰，要知道，您终于不缺钱了！

一阵小风吹过来，这么丰盛的供品您还满意吧。我们大大小小一群人已经收拾起所有的酒菜，围坐下来，开开心心地大快朵颐。小堂哥坐在我旁边，悄悄地问了我好多话，可惜我都不记得了。他长得很好看，不知为什么后来走了邪路。那些年的四月天，一个少年虔诚地在野地里俯下身去，裤腿上灰扑扑地沾满了尘土和杂草，其心之纯，其情之真，我可是亲眼看到了，他的爹爹是怎么保佑他的呢？真让我想不通。

后来少年不再来，我也长大了，四月的花年年开，我妈已经不再管我穿不穿棉裤了。我挖一个小坑，添一抔黄土，再也没有小孩子捣乱了。其实我很想匍匐在地，好好怀想一下您的父爱！上坟，应该十分悲伤才对，不是吗？可是我想了很久，什么都没有想起来，只好看看草，看看花，溜溜达达地回家去了。

对您没什么记忆，这件事情，至少我妈应该承担一定的责任。她老人家非常狠心，说您走得太早太突然，不想吓着我们，先是把您的相框背过去，对着墙，后来又插到箱子背后的墙缝里，后来再也找不到了，大家也不再提起。在我们的生活里,您无疑是最重要的,也是最不能提起的。

我妈老了,人老了就喜欢回忆往事,有一天忽然告诉我们您曾经是生产队队长。我一下子意识到这件事情的重要性,于是站得高高的,挺直脊梁骄傲地对我丈夫说,我,出生于高干家庭。

那小子立即装出一副仰慕的神情,和我一起设想了半天:如果您还活着,亲爱的队长父亲,那么我们的生活,该是什么样子?

结果当然猜不出来,我能确定的是,我也结婚好多年了,我已经活到差不多您当年的年纪了,而且我会越来越老,有一天颤巍巍地去看您,抖抖索索地跪下去半天不能爬起来,而您永远年轻。

说实话吧,反正不说您也一定知道,结婚后有几年我没有去看您。因为我妈说,清明这天,各家祖先到处闲逛,有的出来看看风景、看看子孙就老老实实回去了,有的非常不甘心,在荒郊野地里游荡,到处寻找好欺负的人,跟着那个倒霉蛋回家。我身体不好,阳气不足,属于那种容易被跟上的,我妈和大姐不同意我去上坟,幸好您很宽容,从不怪罪我,连梦都不托一个。

此生阴阳相隔久,他生缘会更难期,我妈、大姐、二姐和我,我们都平平安安变老了,这都是您保佑的吧。今年四月我特别想去看看您,您所在的地方有一片桃林,顺便问一句,那些桃花都开了吗?

妈妈、婆婆和公公

十月就要过去了,一年就要过去了。忽然想起家里的三个老人,在桃花开、桃花落的日子里,正慢慢地走向衰老。

妈　妈

天一凉,我妈又在衣服外面加了一件,身子由此变得更加佝偻了。我一直怀疑,她的后背其实是被那些衣服压弯的。层层叠叠的衣服,堆得后脖子都看不到了。她揭起衣角,从里到外,一层层指给我看。背心就不说了,秋衣秋裤整个夏天都在身上,现在秋风一来,气温降低,秋衣外面又套了一件保暖衣,她翻起保暖衣的内里:"看看,是你去年给我买的,红的,多好看。"

是的是的,既保暖又好看,可是,这件保暖衣外面又套了什么?

毛坎肩啊，肚子怕冷保护肚子。我妈上下摆动毛衣角，好让我看得清楚，然后放下。接下来，毛坎肩外面包裹着一层薄外套，我妈说，总要穿件罩衣吧，谁知道这几天又降温了，罩衣不抵秋风寒，只好再添件厚呢外套。这下暖和了，她开心地拍拍最外面深驼色的呢子衣服，很得意自己的保暖措施做得好。衣服多，或许她老人家心里才踏实，觉得生活才有保障吧。

可是，给她织一件厚毛衣，再套件羽绒服，一样保暖啊。但我妈固执地认为羽绒服穿上像狗熊，不好看。

哎哟，妈呀，你现在被七八层衣服包裹着，看上去才像……

我妈不吭声了，开始低头啃鸡翅。一嘴的牙，实际上只有最里面的一对可以咬合，所以啃起来不免要歪着一点儿脖子，但鸡翅啃得比谁都干净。吃完了，从深深的口袋里抽出巴掌大一点儿卫生纸擦擦手，再展平了放到桌上，把啃得干干净净的两三根骨头放在纸上，卷起来包好，然后扔到茶几旁边套了垃圾袋的塑料小篓里。她身上永远装着扯不完的卫生纸，当然，桌子上、沙发上也有用不完的纸片，一张旧报纸，一张宣传单，都被当作宝贝一叠叠压在某个角落。我妈老了，经常忘事，但我们忽然想起要找什么东西，她总能第一时间从大包小包里翻出来，那可是一年半载不用的东西。如果是些零碎物品，顺手又塞给你一些废纸片和塑料袋子，让你包东西。

生活的艰辛，能让一个人变得一辈子无时无刻不在储存吗？哪怕是一件废品。

她包鸡骨头的时候，我看到她左手无名指上，我买给她的金戒指不见了。那些手指关节粗大，手上的皮肤松弛得像塑料布，胡乱包在骨头上，一提老高。那个松弛法，帮她戴新戒指的时候，戒指往里一推，皮肤竟像脱手套一样推出好几截来，戴好了再复位，看着让人难过。

一定是戒指戴得不舒服摘掉了吧，为了安慰我，我妈仰起脖子，伸手从衣领里掏啊掏，掏了半天，揪出一截红线绳来，绳子顶端吊着个小金佛："看看，这个天天贴身戴着的，保平安。"

小金佛暖暖的，不知安放在她哪一层衣服外面。

婆　婆

婆婆并不热衷于收藏废品，也不乱穿衣服，不过她穿的衣服虽然少，身子可是圆滚滚的，那可都是实实在在的肉。人胖，嗓音也洪亮，我刚嫁过去很不适应，她喊我吃饭，一嗓子飞到院子那头，吓得墙头上的麻雀扑棱棱飞走了，剩下我，像一只受惊的小鸡，夹着翅膀扑到厨房去。

唉，初履贵地，新奉高堂，学林黛玉不肯落人闲话，事事小心。想想真是不明白，好好的大姑娘舒舒服服活到二十多，硬要找个人家落脚，人生重新来过。可是，不甘心又如何，古往今来莫不如此，如我不往，不被人嫌死？想我婆婆还是小姑娘的时候，一定也是柔声细语的。后来嫁到她婆婆家，天天下地干活，阡陌纵横，日头毒辣，种地的人们散落在田野里，大声说笑似乎可以缓解疲劳，让生活变得不那么沉重，于是嗓门越放越大，日子越过越好。

种地苦重，胃口也大，我不干活胃口就小，婆婆说给我做饭就跟喂鸡一样，一小撮就好，怪不得说话咿咿呀呀，没有二两力气。

不要紧，后来我的嗓门就高多了，尤其在叉着腰高喊老公孩子的时候，一声惊雷滚过书房和卧室，老公孩子分别走出来，很不满意我的做派。我对婆婆说，我细声细气地喊了五六声都没人答应，最后一嗓子都出来了！这能怪我吗？

"墙上挂箩，媳妇子像婆！"这就是田间地头学来的话，婆婆坐在院子里的小板凳上哈哈哈哈地乐了，我终于被生活训练成了大嗓门。

婆婆坐的小板凳两头是圆板，中间一根细杆，形似缠电缆的那种圆磙子，我一直怀疑是纺织厂里散落出来的零部件。婆婆为它缝制了圆圆的坐垫。圆垫子厚厚的，用五颜六色的碎布拼接而成，大红夹大蓝，艳而不俗，见巧思，见匠心。婆婆心气高，人也聪明，农闲的时候自己学着裁裁剪剪，居然成了土裁缝。把好看的衣服拆开看看，动手一做，有板有眼。现在老了，不做衣服了，就缝缝垫子。院子里的小圆板凳、小方椅、大铁椅上，都铺着好看的坐垫，不想让哪一个孤零零地受到冷落。只要我们愿意，恐怕汽车里她也可以缝出四个靠垫来！可惜她儿子不要。不过，我妈妈宝藏的碎布倒是一包一包有好多，如果缝一些的话……啊，多好，但我不好意思说。

婆婆年纪大了，血压高，血糖也偏高。我以为大部分老人都有"三高"症状，只要高得不太多，不碍事的。然而有一天，同事的亲戚住院治病，因为血糖高，控制得又不好，居然严重到需要透析的地步了。听了心头一惊,忽然想到婆婆,忙打电话叮嘱她千万要注意饮食,要按时吃药,要控制好血糖……不过,除了神经性地想起来才问问,我们,又做了些什么呢?

公 公

公公身形消瘦,从我认识他的时候起,无论如何胖不起来。但据婆婆说,历史上,有段时间他也曾经微微胖过。不过胖的时候爱下棋,除了上班,家中诸事如小娃儿哭,大娃儿闹,地刚下种,猪还未喂,一律不管,所谓"太行岭上二尺雪,崔涯袖中三尺铁;一朝若遇有心人,出门便与妻儿别"——下棋去了。婆婆说,到了三更半夜,柴门忽闻黄犬吠,归人狠敲月下窗,因为门被反锁了,公公一怒之下打破玻璃进了屋。

咦,怎么会这样呢?这段往事实在太像杜撰的了!公公虽然生长在农村,在当时却是受过高等教育的,为人谦和,举止儒雅,不与他人争高低,不与妻儿论短长,被婆婆说急了,慢条斯理地回几句,实在怒发冲冠了就迈开长腿,满村子溜达去。溜一圈儿回来,怒气自然烟消云散,怎么会做那么鲁莽的事情哩?

至于沉迷于下棋,多半是真的。村头大树下经常聚集着几个老头儿,往地上一蹲,棋谱铺开,便厮杀起来。不一会儿,战事渐渐吃紧,是抽车还是跳马,仁者见仁,智者见智,争得面红耳赤。虽然下棋的只有两个人,可是隔着楚河汉界,关心的有一大群,七嘴八舌,指指点点,乱作一团。

公公奉命去买菜，一把青菜几个西红柿，装在塑料袋里，晃晃荡荡地挂在自行车车把上，路过棋摊，见战事不决，忍不住停了下来，支好车子，把脖子伸得长长的加入鏖战。

婆婆等着炒菜呢，让我迤逦一路找过去。村里的小街上人不多，下棋摊子也不多，公公个儿又高，远远地一眼就望见了，喊一声，他就跟着回来了，倒不恋战。想来人老了，锐气渐消，敲窗怀抱终究少。闲时抽一支烟，喝二两酒，不怎么说话，但据我看，算是惬意吧。

有一次，公公稍微多喝了几口，指指邻居家的二层楼房，不屑地说："咱儿子也能盖得起，只是不想盖罢了，要那么多房子干什么！"

彼时，身材高大的老公公站在阳光下，红光满面，一副自豪的样子，身旁两小块菜地绿意盎然。看来，他很为那个高端大气上档次的儿子骄傲！

儿子呢？忙！周末回家送点儿东西，东西后面拖着老婆和女儿。房子老了，院子里的树也老了，家里的老人们都还硬朗，日子一天天逝去，倘若没有他们屹立在沧桑岁月里，生活该是多么无依无靠。

花好月圆

朋友寄来云南的鲜花饼,我拿回家,想让老妈尝一尝。

我妈七十六了,又老了一岁,但从某种程度上来说,也小了一岁。每次回家,她老人家急急忙忙整理沙发让座的同时,总要先瞄一眼我手里拎着什么东西,看我的包是不是比平时更鼓一些,一副小孩子的情状。当然了,什么都没有,她也很高兴,是个很明事理的孩子。

鲜花饼的包装鲜亮醒目,老妈兴冲冲地拆开。鲜花饼看上去很酥软,她捏起一块小心地送到嘴里咬了一小口,另一只手接住掉落的饼屑,对我说:"很甜,和月饼一样嘛。"

"哦。"我应了一声。

大概觉得我的兴致不是很高,她老人家站起身,走到门口的柜子前窸窸窣窣从里面掏出几种不同的月饼来。那个小柜子是她的百宝箱,我们拿来的好东西嗖地一下就飞进去了，里面岁月静好，现世安稳。

我不爱吃甜食，拍着她老人家的手说："离中秋节还有好几天呢，买了这么多种好月饼啊，您老真有钱。"

我妈笑眯眯地拍了拍她大大的围裙口袋，里面总会有一两张大红票子，专门用来买零食的。买点儿月饼算什么呢？沙发旁边的桌子上，堆满了苹果、香蕉、梨和橘子，水果后面则是两小盆鲜花。还用等到中秋节吗？家里一副花好月圆的样子，天天都在过节。老太太骄傲地硬塞给我一个橘子，说我走热了一定口干，吃个橘子润一润吧。

妈哎，都快中秋了，天气已经不热了。我接过橘子重新放在桌上，一阵凉风从门缝里溜进来，适时地证明天气确乎转凉了。我们望向门边，正午的阳光透过玻璃漫到门口，门外过道狭窄，院子里盖起了二层楼，宽敞的院子只剩下这一溜儿天井，中秋的时候我们恐怕只能挤在这里看一看天上的月亮了。生活富裕了，院子里却放不下一张拜月的桌子了。

那张油漆斑驳的圆桌，此刻正静静地待在角落，一副功成身退的模样。我妈老了，看样子不大怀念以前那些将桌子摆在院中央、我们围着桌子拜月的好时光了。那时候的月饼硬邦邦的，味道一言难尽，中秋的时候买四五块叠放在盘子里，周围搭配几个苹果、一小撮儿红枣和一串儿葡萄，正值中年的我妈点了几炷香，对着月亮虔诚地磕头，然后将香插在桌上的小香炉里。

隆重的拜月仪式结束了，我们坐在宽敞的院子里，把水果分成四份，倍加珍惜地吃完，开始一点一点慢慢地啃硬月饼。我妈什么也不吃，正在热心地规劝我家唯一的房客，感冒了还是要吃抗菌优，再配半片扑热息痛。

身材高大的房客不爱说话，低着头，顽强地抠着一板更先进的感冒药。那种药用铝箔复合膜包装，房客不知道有膜的那一面才是取药的地方，拼命抠了半天，PVC硬片愣是没有抠出一条缝，急得头上都冒汗了。我妈在旁边看着费劲，回屋取来剪子，二话不说剪了下去，硬片儿剪破了，胶囊也剪破了，细碎的颗粒洒在房客的手掌心里，房客想了想，抬起大手全部抹到嘴里去。

那时候院子里种着花儿，黄菊花垂着头，地雷花密密麻麻地开得热闹。八月的夜晚，天气转凉，花上的露水渐渐聚拢，里面映照出一个小小的月亮……

又是中秋了，月儿年年圆，湖山无限远。

啪嗒啪嗒去跑步

近来朋友们纷纷迷上了跑步,有个酷爱跑步的南方朋友一年之内跑鞋换了好几双,可见跑步里程之多,屈指一算,早应该跑到山西了吧。

跑步是项简便易行的运动,抬抬腿就行,我也决定跑起来。换好鞋戴好眼镜,跑下楼去,心想,也许应该学习村上春树带个随身听,听着音乐跑步,就不会觉得枯燥了。

小区的路还在日复一日地修理当中,路两边在埋设什么管道,挖了填,填了挖,每次经过都想拉住工人问一问,为什么不一次性完成?莫非设计者和施工方想要告诉我们什么叫事倍功半吗?但也未必,这世上我不懂的事情太多了。可怜的工人们点着炽热的黄灯在夜幕下辛苦劳作,我在凹凸不平的道路上一脚高一脚低地跑着。有个工人抬头看了我两眼,低下头去继续挖土,对小区里唯一的跑步者,他居然没有表现出一点儿肃然起敬的神色,真是太奇怪了。

跑步,我当然也想找块好的场地,比如塑胶跑道,比如公园。马路对面有个烈士陵园,场地阔大,绿草茵茵随意生,松柏青青鸟语频,环境不错。到了夜晚更没什么人,清风徐徐,松涛阵阵,想象中还有一点儿置身森林的感觉,但我不敢进去,我决定一路跑到娘家去。

回娘家的路从西到东,灯火迢遥。璀璨的灯火中一条笔直的路渐行渐远渐细,被繁华的大街截成三段,两千多米的路程。

穿着黑色的一脚蹬
没有携带随身听
一个不像样子的跑步者
啪嗒啪嗒
跑在清凉的夜风中

虽然我没有一点儿跑步的样子,但借着夜色掩护,也不怕惹人笑话。就算等着横穿马路,也没有停下脚步,原地做着抬腿的动作,看车如流水,抽刀不断,寻找可以插行穿过的间隙。

和我一样不怕路人侧目的还有一位老兄,光着膀子在我身后的人行道上走来走去,神情极其亢奋,大声发表着演说。人们行色匆匆,从他身边经过,没有一个停下来聆听。我因为等红灯,倒是听了一小段儿,虽然辞锋锐利,可惜思维混乱,完全听不懂他在说什么。我担心他不穿衣服会着凉。后来我跑远了,留下他在霓虹闪烁的街道上继续慷慨陈词,一副众人皆醉他独醒的样子。

显然这是一个精神出现问题的人,他已经沉溺在自己的世界里走不出来了。不知道生活给过他什么样的暴击。和他相比,我们显然是幸运的,能够控制自己的行为,想跑步就跑步。我已经跑到了美食街上,街道两侧各具特色的饭店扑面而来。虽说最近经济不景气,然而小饭店的人气丝毫不减,我从几对去往饭店的小情侣身边跑过,和笑语盈盈的他们相比,我更像是一个被生活追赶的家伙,正心急火燎地想要逃脱。有谁能在人潮涌动的街道上横穿斜插,跑得这样九曲十八弯?

还是娘家的小巷子安静,同样因为修路,我不得不绕一段,多跑了几百米。小巷子里没有路灯,我已经不怕恶狗出没,就算有几条狗,也被主人用绳子套着牵在手里,没有血性和骨气了。说实话,我真看不上这些只会献媚不会看家护院的宠物。

清水巷基本保持着几十年前的样子,经过一个个大门,我不禁想起当年一边走一边默念"唧唧复唧唧,木兰当户织"的情景。对啊,我虽然不像村上春树那样听着卡拉托马斯的音乐跑步,但两千多米的路程,谁说我不可以边跑边想 "轻舟已过万重山",再背一背"一夜飞度镜湖月"呢?

娘家的那盏灯熟悉而温暖,我妈坐在灯下,正歪着头仔细研究一个蛋糕盒子。盒子包装精美,鲜艳的丝带十字交叉,扎成一朵花。老人家好奇得不得了,正在琢磨从哪里打开,猜想里面又是哪一种她没有吃过的点心。

我大汗淋漓地站在我妈面前,可爱的老妈抬起头来,瞬间笑得像个孩子。

五月的老妈

时序进入农历五月,渐渐有粽子的香味从某条街、某个巷子里飘散出来,大街上熙熙攘攘,一派喧闹,不过安静的人总能闻到。

端午节快要到了。

关于五月,《诗经》里说"五月鸣蜩""五月斯螽动股"。《诗经》是古代社会生活的一面镜子,先民们在草木阴阴的五月首先注意到的是鸣叫的蝉,动腿的蚱蜢,都是在劳动中看到的事物。相比之下,我很惭愧,不事农桑的我一进五月,只关心粽子、艾草以及五色丝线。

其实我们家一直没有包过粽子,起初那种包粽子的青绿色叶子要花钱购买,而我们又没什么钱,后来买得起的时候我妈已经习惯翻出蒸锅来,锅底有几排小圆孔,二十四桥明月夜似的,一会儿工夫就蒸出一大锅红枣糯米糕。

今年我妈看上去又老了一些，没有力气再去唰啦唰啦清洗她的明月锅，她去小诊所输液，已经三个小时了还没回来。小诊所生意好得很，求医问药的人川流不息，我急匆匆穿过人群，在最里面的小床上发现了她。周围人潮汹涌，我妈却像水波荡漾里的一朵睡莲，所有的声息流到这里都静止了，碎白花小蓝被几乎盖住了她全部的身体——瘦小而平薄的身体，她睡着了。陪伴她的是小半瓶液体，一滴一滴顺着细长的输液管缓慢地滴注到她右手的血管里去。那只手的手背上经络盘曲，如青色的老藤，鼓突得皮肤都有些透明了，不知道扎了几针才成功，左手的手背上也贴了一张创可贴！我站在她身旁，惊讶于岁月对她的伤害，怎么可以老得只有一小堆了？幸好我妈不是生病，每年五月粽子飘香的时候，她都要输一次氨基酸补充营养。小诊所距我家一百米远，人家自己戴上帽子，胳膊上挽个小布包，在喧闹的小街上一路迤逦而去。

坐诊的男医生医术并不高明，贵在态度温和，有耐心。病人哼哼唧唧难受得天都要塌下来了，他却捏着听诊器，不慌不忙地听听这里又听听那里，好像要听出个夏虫唧啾来，一面又微笑着问话、安抚，见他如此，病人也就不好意思呻吟了。一般的感冒发烧他还是治得了的。他见我老盯着输液管，以为我着急，于是走过来，伸手去调整液体的滴速，然后安慰我："你妈妈每次要输三个半小时，就剩一点儿了啊，不要急。"

我妈一下子惊醒了，睁开眼睛，有点迷糊，好像不认识我是她最不好看的三姑娘似的，客气地招呼我："你来了？

快坐吧。"

哎呀妈呀,我几乎天天见你有啥好客气的。我忍住笑替她拢了拢花白的头发。

我妈虽然年纪大了,脸上的皱纹却不多,皮肤出奇地平展、薄脆,似乎一碰即破。我看见她嘴角棕黄,吓了一跳,伸手去抹,问她这是什么东西。

她老人家终于清醒了,嘴巴又嚼动起来,告诉我胃又不舒服了,在吃胃必治。难道刚才睡着的时候胃必治一直含在嘴里吗?不小心咽到气管里怎么办?虽然功夫不错,但实在让人担心。药品又不是零食,自己想吃就吃。我把医生请过来,请他给我妈讲一讲乱服药的严重后果。医生对我妈的情况太熟悉了,稳稳当当地拿了把椅子坐下来,用讲故事的方式开导她:"您听说过一句话吧,是药三分毒,这药啊……"

等告知完了,他又指指旁边小茶几上一小罐健力宝说:"你妈妈胃不好,吃点胃必治不要紧,最好不要喝冷饮料。"

提到健力宝,我妈有些不好意思了,想必是在来诊所的路上,自己悄悄拐去小超市买的。我收拾起她老人家的小布包,布包里装着餐巾纸、胃必治、方头巾,又加进去一小罐健力宝,拎好了,挽着她,慢慢走过街道两旁一个个小摊子。卖粽子的摊子当然是有的,我知道小城西街上有一家著名的多味粽子专卖店,我打算去那里买一点。

"那要一块钱一个吧?"我妈立即阻止我,"太贵了。"她指指前面卖粽叶的摊子:"不如买点儿粽叶自己蒸米糕吧,现在用电饭锅,不费事的。"

哪如明月锅做出来的好吃!粽叶要买,粽子也要买,还要买贵的!我像宠孩子一样宠着老妈:"只要不是买房子,我还是负担得起的。"我妈笑眯眯地不再反对了。

卖粽叶的摊子就在前面不远处,一个女人蹲在地上,鲜嫩的粽叶一小束一小束在她面前摊开,我们想走过去,但通往那个摊子的路径被一个大肚子男人堵住了。那个肚子,据我看应该在九个月左右,可以生了。男人眼望前方,岿然不动,我们走到他面前,他也没有一点儿避让的意思。他那么肥腻腻的我又不想拍他一下跟他商量,只好扶着我妈几乎贴着他的肥肚皮走下马路牙子……

我妈毫不介意那人肚子坚挺硕大,也不介意人家是否避让,她的快乐在于买了一束新鲜的粽叶,并且因为输了氨基酸,精神抖擞。她挣脱我的搀扶,神采奕奕地奔走在前面。一路上不断地跟熟人打着招呼,一派天真,手里那束粽叶青翠得像要滴下水来。

我妈的身体在一天天老去,心性却越来越澄明。大有"回首向来萧瑟处,也无风雨也无晴"的豁达。现在的她,一罐健力宝,一束粽叶,乱糟糟不甚干净的小诊所,甚至不让路的大肚子,事事都可接受。她的人生之路就像顾恺之吃甘蔗,先食尾,由苦而甜,渐至佳境。

给老妈去换钱

回到家中,我妈悄悄塞给我一个小纸包。纸包接近紫罗兰的颜色,纸是烧香拜神用的那种薄纸,我摸了摸,不像装着朱砂之类的宝物。她老人家按照四时节令,时不时赠我以小红包,红包用红布叠成三角状,通常里面包点朱砂,安神辟邪,或者干脆什么都不包,大佑无形,总之都寄托了祈求神佛庇佑我的美好愿望。每次我都故作郑重地揣好,回家翻开枕头,与以前妈妈给的、婆婆赠的各种神佑之物放在一起。

这次所赠不太一样,红布包换成了小纸包,我妈看我摸来摸去,云淡风轻地说:"别摸了,是钱,去银行替我换换吧。"

换钱还用去银行吗?对于我妈来说,我就是银行。我拆开纸包,里面有几张叠在一起的人民币,共计一百八十元,每一张都被火烧了一截子！灰烬也在钱里面夹着，以示形神俱在，生死相依。不用说，一定是拜神时不小心烧掉的。年纪渐老，眼神不济了。我拍拍她老人家："妈哎，土豪没事儿才烧钱玩儿……"当然我们的经济条件也还行，手里有几张零花钱，想吃烧饼就吃烧饼，想喝羊汤就喝羊汤，想拜神……钱烧了。

  我妈没说话，端着小碗慢慢喝水，再吃一小块苹果，笃定得很，丝毫看不出着急、心疼的样子。我拿出两张红票子递给她，她老人家接过去，习惯性地把钱折两折，撑开围裙上的口袋放进去，笑眯眯地拍两下。我妈装钱的口袋越来越大了，围裙上的口袋有A4纸那么大，而且很深，底部微微鼓起，除了钱，多半是一沓卫生纸，不管装什么，决无可能掉出来。

  我把纸包收好，我要拿到银行去兑换！一百八十元虽说是个小数目，但每张毛票都是我辛辛苦苦挣来的。

  可以换钱的银行很多，有大家闺秀也有小家碧玉，其中以农行、建行、工行、中行四大行是国家所有，值得托付。很多钱是从他们那里流出来的，好像大多也要回到那里去待一待。我手里的钱不幸受了一点儿轻伤，但青蚨回归，他们总是会敞开怀抱的吧，先挑一家门脸儿比较大的中行进去试试。

  早上九点钟，"东方兮煌煌，烜于兮晨光"，银行刚开门，我是带着一缕阳光进去的。一名保安在大厅里踱来踱去，他后面的窗口空荡荡的，柜员们还没有上岗。保安见我东张西望，指了指大厅里立着的一台机器，示意我先去取号。我想，银行的保安耳濡目染，大概也了解一点业务，不如先去请教一下他。我掏出纸包，小心翼翼地打开，捧到保安面前。保安就我的手里看了一眼，觉得没有看清楚，很负责任地把纸包接过去，把钱展开，心里迅速地估算了一下缺损面积，然后平静地说："不能换了。"

怎么会呢？我可是有备而来的，我查阅过残币兑换规定。我指着保安手里的钱，好像破钱是他的，耐心地对人家解释："按照人民币残损币兑换标准……"

保安是个黑黑的中年男人，几十年的风风雨雨锻炼得宠辱不惊，对付我这种愚顽之人有的是办法。等我说完，人家把纸包还给我，指出一条光明大道："去总行看看吧，或许能行。"

走出营业部，太阳已经高高升起，阳光下万物繁茂，诸事繁杂。换钱虽说只是细碎的小事之一，希望不大，钱数又这么少，如果白跑一趟，让帅老公知道了，难免会被他奚落；而如果不换，我摸摸自己的小腰，根本没达到腰缠万贯任意烧钱的地步。凡事总要试试看才好。

总行在城市的中心地段，我知道那里新开了一家咖啡店，卖西餐兼卖书。或者可以顺路去喝一杯咖啡，看一会儿书，在吊椅上摇啊摇。钱换不成就带回家，等清明节上坟时烧给我爸。他老人家离开几十年了，还没有见过真的人民币，尤其是新版的。

总行的建筑很是气派。楼层很高，营业大厅宽敞明亮，一溜儿八个窗口，都有人在办理业务。大厅里有几排无背软椅，在我来之前，已经坐着好些人了。有个大堂经理模样的人问我办理什么业务，能办什么呢？到了银行，无非是存钱、取钱，或者理财、转账。反正像我这样把钱烧掉一截跑来兑换的应该没几个吧，这么任性的事情我不打算告诉她。我笑了笑，默默地取了个号，坐到长椅上等待。

深褐色的长椅摆放成三排六列，松松软软的，像我婆婆新开垦的小菜圃，等待的人们坐在上面就像一簇簇植物，可能等得有些久了，个个弯腰弓背。我找了个角落把自己直直地种下去，耐心生长的同时想要保持一个良好的姿势。

窗口那边的人们几乎一动不动，可能都在办理比较复杂的业务，比如开通网上银行。有个三十多岁的小伙子似乎是在转账，又没有问清对方的信息，握着手机，旁若无人地一遍又一遍大声询问，听得我都着急了，真想冲上去替他把对方的信息记下来。有几个人比我来得晚，却被大堂经理直接领到一号窗口前，我怀疑他们在加塞，可是据说那叫贵宾服务，是有贵宾号的。

低头看看手里捏着的小纸片，又点了点在办、待办以及"加塞"的人数，二十号实在是个靠后的数字，还是老老实实等风等雨等花开吧。

有几株年轻植物等得不耐烦了，招摇了一会儿，终于起身离开了，纸片却没有舍得留给我。幸好我没什么事，安静则心平，拿出手机查看一会儿微信，又捡起旁边不知谁丢弃的宣传彩页。彩页上那个财神胖乎乎的，留着一绺长胡子，举着一卷类似圣旨的东西正在宣传个人大额存单的好处。电视剧看多了，一见"圣旨"我忍不住替他宣读起来："大额存单安全性强、流动性好、收益率高，起点三十万，快来存吧！"

读完了,又研究起"圣旨"下面以百万为单位的收益率柱状图,所得红利确实诱人。我摸摸紫色的小纸包,里面的小钞显然离三十万太遥远……我抬起头向四周看了看,忽然意识到我来了这么久,好像并没有见到扛着密码箱或者麻袋来存款的人!唉,不能亲眼见证大额存单的诞生过程,真是一件憾事。

这个时候,大厅里响起一个声音:"请十八号顾客到四号窗口。"坐在我前排的高跟鞋美女快步走了过去。这双高跟鞋我盯了好久了,坐而起,起而去,去而返,在我眼前晃了半天。黑色的鞋跟又高又细,上面是一小段白皙的脚踝,再往上是黑色的九分裤,再往上……这个年轻的女人很会打扮,青色的风衣,精巧的坤包,可爱的发型,浑身上下搭配得既美丽又时尚。

十八号已经到了,二十号还会远吗?我终于看到了希望,心境悠远,好像自己做了一件得意的事情似的,看风景一样看着那些椅子上的后来者以及不断进来的人。其实除了美女,我对别人是不大关注的。当那个西装革履的男人,慢慢地装作不经意地靠近四号窗口的时候,在我眼里,他跟大厅里的取号机、展示柜并没有什么区别。可是,就在高跟鞋美女办完业务离开的瞬间,我分明看到那个男人伸出手去,敏捷地在窗口外的小柜台上一抹,一张小纸片滑到了他的手心,整个过程迅速而隐秘。

电子叫号器开始喊"请十九号顾客到二号窗口"了,我还呆呆地没有回过神来。西装革履的男人昂首阔步从我面前走过,径直走到大堂经理面前,理直气壮地说,我这十八号还没办呢。

哎,这个人……我伸出手去指着他的背影,却不知道跟谁说好。女经理正和贵宾们相谈甚欢,哪里知道这一出计从何来。

十九号是位老先生,听到叫他,起身要去,看了看又没有哪个窗口闲着,他有些搞不懂了,看看手中的纸片,只好重新坐下来。

大厅虽然人多,但看到刚才那一幕的恐怕只有我一个人,我拍拍老先生,义愤填膺地告诉他有人作弊。老先生一脸茫然地盯着我,确定不认识我之后,神情中多了几分戒备。他摇摇头,不再理我。

披着一身成功人士的外衣却不遵守公德,我盯着西装男的背影,心里满满的都是鄙夷。大堂经理终于发现我的异样,走过来询问。对她来说,维护好大厅的秩序是至关重要的。人家很有职业素养地听我说完事情经过,春风满面地再次问我办理什么业务。我很是生气地掏出纸包:"换钱!"

女经理同小银行的保安一样,回复我四个字:"不能换了。"

我生气的时候脑子特别灵光,我义正词严地说:"能辨别面额、票面剩余四分之三(含四分之三)以上,其图案、文字能按原样连接的残缺、污损人民币,金融机构应向持有人按原面额全额兑换……"

看看我的破钱,我妈简直是个数学家,把钱折成四等份,只烧坏四分之一,连灰烬在内,尸骨完整。女经理疑惑地看了看我,接过纸包去窗口确认。过了片刻,手里拿着几张完好无损的钞票走了回来。

其实我不是动机不纯的钓鱼执法者,也不是被谁派来踢场子的,我不过是一个规规矩矩等了很久想要换钱的中年妇女罢了,如果不给换,那就拉倒,我也不能咋样。

老妈的钟表

我妈喜欢看电视。新闻联播、天气预报以及电视剧挨个看过去,大有足不出户而知天下事的意思,见识都不一样了,让人刮目相看。但是电视看多了也有副作用,有天忽然跟我要块怀表,人家说长链子那种,不容易丢的。

哦。我看了看桌子,两年前买的橙红色小闹钟站在水果、糕点、药瓶、纸堆中间,指针滴答滴答走过一个个细格子,从容而寂寞。表盘上大大的数字,这样醒目还不够用吗?怀表上数字小,看时间未必看得清。我猜她一定是看到电视剧里某个老爷太太胸前挂了一块,金光闪闪的,随时随地拍出来,嗯,气派极了。我妈也怀揣一块,大门口倒个灰渣,厕所里蹲一会儿,邻居家转一圈儿,想看的时候拿在手里瞅瞅,似乎时间都变得光华灿烂了。她老人家辛苦了大半辈子,从没有想过有一天会任性地想要怀表就要怀表,作为她辛苦养大的三女儿,那还有啥说的?照着金表的样子买了个镀锌的,真正的金表我也买不起。拿在手里沉甸甸的,可谓制作精良,镂刻精美,很有年代感,和家里的旧家什气息相通,倒像是祖传的宝贝似的。我妈很高兴,把表举到眼前,歪着头笑眯眯地摁表盖玩儿,摁开又关上,关了又摁开,兴致很高。我不说话,我要看她玩够了往哪里挂。

我知道,对我妈而言,钟表的作用,一是等待女儿们回家,二是催促我们离家。将近中午了,掏出来看看,指针指到十一点半了,去大门口走一趟,看看哪个先回来;哎呀,快十二点了,怎么还没人呢,再次走出去,走得更远一点儿……可是,好不容易等我们赶回来,围坐在茶几旁刚扒拉了几口热乎乎的饭菜,她老人家就开始催促:"一点半了,别耽误了上班呀。"

"哦。"大家鼓腹闲谈得正在兴头上,纷纷表示,"不急,不急,三点才上班呢。"说完接着聊。我妈不甘寂寞,常常插话,然而总是离题万里,于是我们敷衍两句,再想法子拐回来。没过一会儿,她老人家又催促了:"一点四十了,出去等车不需要时间吗?巷子这么长,走到车站得十分钟吧?"

巷子到车站只需要三分钟!后来我只好两点钟走出家门,气哼哼地去公司门口吃闭门羹。

有了怀表,看时间就方便多了。可是,挂在哪里呢?我妈解开外套上的第二个扣眼试了试,表链不够长,胸前又没有口袋,只好解开第三个扣子穿好,表壳落到外套下摆处的大口袋里去。这件外套是在胡同口的裁缝店里订制的,人老了，背有些驼，里面的衣服穿得又多，因而胯部很宽。像这种尺寸不标准的外套只有订制才会合体，款式虽然老气，然而气度雍容，穿在身上仿佛把所有的日子都装进去了。

怀表揣了没有多久，大概表盘上的数字实在是太小了，看不清，后来不知道放到哪里去了。我妈重新罩上长围裙，即使不干活儿，围裙也不离身。围裙是我妈自己缝制的，口袋更大了，有A4纸那么大，慵懒地趴在肚子上，里面的毛票有零有整，此外还装着我买给她的手帕以及药店赠送的抽纸，怀表也许在里面待过也许没待过，不要紧，因为出现了比怀表更好的东西。

上周回家，二姐居然给家里装了20M的Wi-Fi，我拿出手机和女儿视频，老妈觉着新鲜，也凑过来看。这一看可把她吓了一跳，自己居然出现在视频里了，还能发出声音！咦，这不是上电视了吗？她老人家瞬间像个好奇心很强的小孩，捧着手机，每个图标都戳一戳。啊，原来除了打电话，还可以照相，并且手机上的时间更醒目更直观，不像闹钟和怀表，得数半天才知道几点几分。于是，一部八成新的智能手机嗖地一下落到我妈大大的围裙口袋里，成为最好用的钟表以及能照出自己的小电视。装好了有些不好意思，小心翼翼地问我："这个东西贵吗？"

"不贵不贵。"我暗地里掐了掐自己的钱包，不过五年时间，老人家的钟表越来越豪奢了，谁知道下一次会钟情哪一款呢，我仍需努力赚钱呀。我妈一天比一天老了，坐在沙发上老成一小堆儿，看着让人心酸。这么久才给老妈配手机，想想真是惭愧。

回 家

周末回娘家，忽然想起去一家口碑不错的饭店里打包两个特色菜，我想让我妈尝一尝平时吃不到的美味。饭店小姑娘十分贴心，把麻椒龙利鱼和牛蛙装在两个大大的圆盒子里，小心翼翼交给我，一再提醒要保持平衡，不然汤汤水水流出来，天香国色就会毁于一旦。

离娘家三站多路，以前横冲直撞的电动三轮车们都不见了，作为安全隐患统统被取缔。这让我回起娘家来非常不方便，提着一堆东西从后街走了好一截都没有打到出租车，后来等我千辛万苦地拐进我家的巷子口，提着鱼和牛蛙的手臂都僵直了。

气温高达三十摄氏度，一点儿也没有初夏该有的将热未热的凉爽样子，小巷被太阳晒得白花花干索索的。巷子里的人不再出来溜达、闲谈，也没有小孩子风一样地跑来跑去，可能都在家里捣鼓手机和电脑，所以远处那个瘦小的身影在阳光下显得孤孤单单。我视力不好，可是一眼就认出那是我妈，赶紧边走边喊："大热天的出来干什么，快回去。"

我妈当然不肯回去，反而离开大门口，迎上来几步，小孩子一样笑着说："远远地我就看见是个你么，我来迎迎你。"

她老人家快八十岁了，可是眼神比我好多了，走路还算稳健，上台阶的时候坚决不让人搀扶。

回想很多年以前，我常常蹲在家门口，眼巴巴地等我妈回来。等着等着，黄昏就来了，天色由绯红变为深青，继而蓝黑，巷子口简直要一片苍黛了。那个时候的小巷与现在大不一样。黄土铺就的小路已经踩实了，虽然没有现在的水泥地干净，但踩上去好像有回应有温度似的。谁家的槐树探出墙来，枝叶纷披。巷子里家家门户洞开，炊烟袅袅，饭菜飘香，人们都回去吃晚饭了，欢声笑语夹杂着鸡叫一声狗叫一声从墙内飞出来。然而我妈还没有回来，我蹲在大门口听着别家的热闹，不禁有些怅然若失。

我妈总是赶在天黑透前出现在巷子口，那一刻我才觉得自己和热闹的世界终于有了关联，飞快地跑着迎上去。等到我妈领着我迈进家门，夜幕好像也松了一口气，完成任务似的，哗啦一下彻底笼罩人间。

我妈回来得晚，手里也极少拎水果、糕点或者江米球之类的小零食，只有去城隍庙烧香回来才会带回半包散乱的长饼干，饼干上落着一层香灰，吃起来寡淡无味。即使她常常空着手，每次看到她，我还是很高兴。我们回家，拉亮灯，黄色的灯光在夜里显得特别温暖。

现在我妈出来迎我,腿脚当然没有先前利索,我挽着她的胳膊慢慢走,她老人家顺便瞄了一眼我手里的东西。隔着透明的塑料饭盒,大概看到里面红红绿绿的一片,煞是好看。我长大了,而且有能力保证每次都带些稀罕的东西回家,比如蛋挞,比如披萨,殷勤地劝她老人家品尝品尝。我妈从不抗拒,每样都吃一点儿,慢慢地嚼啊嚼,嚼半天,然后品评道:"蛋挞甜死了,那个叫'披萨'的饼子油花花的,好好的肉馅粘在外面,没有馅饼好吃。"

龙利鱼和牛蛙大概也不会得到好评,但我喜欢看她好奇地举起筷子。我已经准备好了,等她点评完,笑眯眯地拍着她说:"您老不好伺候啊,越学越坏了。"

作者简介

小闲,女,山西长治人,网络昵称闲山静水,在新浪博客及其他网络论坛有自己的小园地。

小闲为人不擅交际,喜欢隐在文字后面,不留踪迹,但希望辛苦写就的文字能够被人喜欢。除散文外还迷恋对联、诗词,偶有获奖。梦想开一家书店,有几个良友佳朋,读读书,喝喝茶,诗酒酬唱,谈古论今,互相鼓励着在写作的道路上一直走下去。

"万物皆有裂缝,那是光照进来的地方",希望此书能带给你一点光亮。

感谢朋友胡之胡、莫小楼为本书作序。